坂井律子

Ritsuko Sakai

〈いのち〉とがん

患者となって考えたこと

Eurus Notus Zephyrus

岩波新書
1759

はじめに

帰任辞令を受けた日に撮影した山口県上関の夕日

一週間前、再再発を告げられた。いま再び、化学療法室のリクライニングシートにいる。内科の先生は副作用が強く出過ぎないよう綿密に薬量を計算してくれ、化学療法室の看護師さんたちは、私が挫けていないか、とても気遣って迎えてくれた。感謝するばかりだ。

点滴は落ち続ける。抗がん剤よ効け！　二五シートあるブースのひとつひとつで、皆闘っている。その空間にあっという間に戻ってきた。

二か月前、半年の抗がん剤投与で新病変が出ず、手術ができて舞い上がっていた。嬉しい！仕事を休んでもうすぐ二年だが、これで、もしかすると戻れるかもしれない。術後の傷の痛みがあるなかで書いた年賀状には、一枚一枚力を込めて、春には戻ります、と書いた。

しかし先週、病院に呼ばれた。出現した新たな転移が、ＰＥＴ（陽電子放射断層撮影）の画像上で赤く光っていた。敵は強い。

ずっと励ましてくれている友人、浅井靖子さんが、再再発のことを聞いて、一日数百字でも書けば？ と言った。

私の仕事はテレビ局の制作者。人に何かを伝えるのが仕事だ。だとすれば、職場には戻れなくても、仕事は別の形でしたらどうか？ そう言うのだった。

確かに思っていることを書きたい気持ちはあった。だが、体調はどうか？ やる気が続くか？

そもそも誰が読む？

だが、もうあまり時間がないかもしれない。

病気になって感じたこと、考えたこと。勉強したこと、好奇心が掻《か》き立てられたこと。感謝したこと、憤ったこと。医療に携わる人にわかってほしいこと、健康な人にもわかってほしいこと。

病気になった自分と、伝える仕事をしてきた自分の接点で、いまなし得ることをしてみるべきかもしれない。

これは、そう思って始める、小さな記録である。きっと生き抜くという自分の気持ちの杖にすぎない。しかし、もし誰かの気持ちのどこかに届くものになれば、とても嬉しい。

二〇一八年二月二〇日

目　次

扉写真撮影
坂井律子（はじめに、II章、IV章）、浅井靖子（I章）、
坂井夏生（あとがきにかえて）

序　治療――突然がん患者になった私

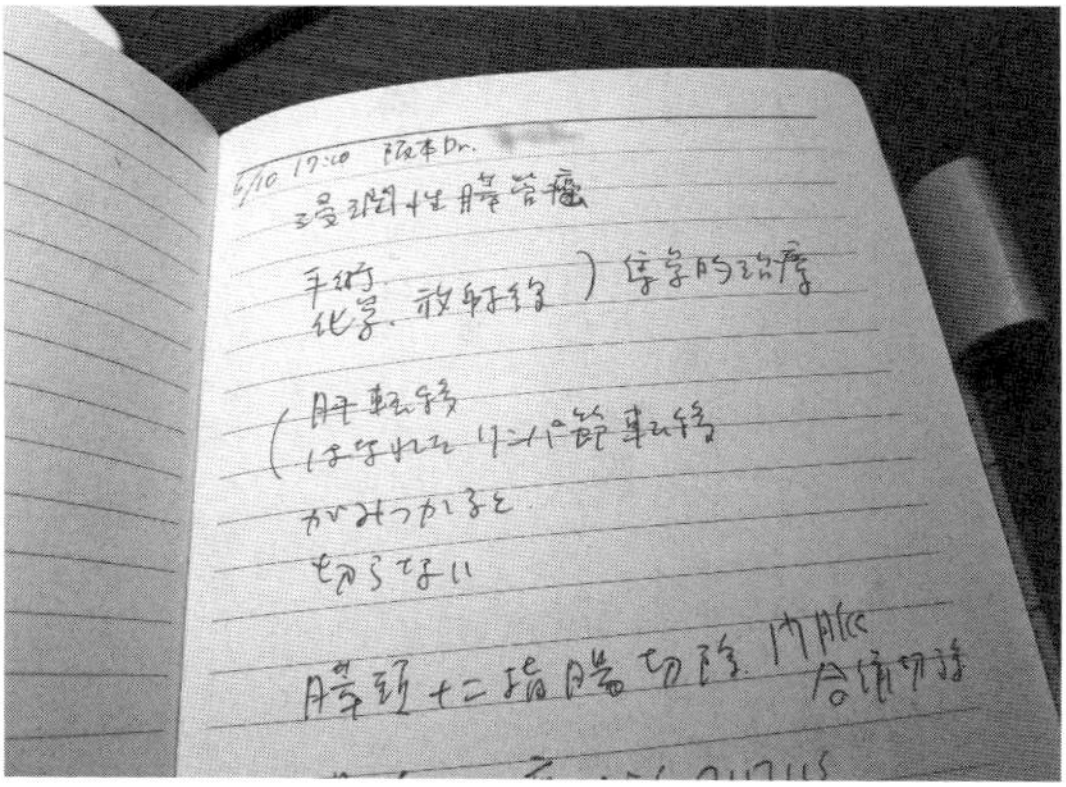

2016年6月，手術前インフォームドコンセントのメモ

1　ジェットコースターの始まり

二〇一六年五月二四日夕方、鎮静剤から覚めた私は、病室の窓から代々木の雑居ビルに挟まれた狭い空を見ながらほっと胸をなでおろしていた。

――これでやっとお腹が痛かった原因がわかって、不快感とおさらばできる。しかもしばらく会社も休めちゃうから、やっとゆっくりできる。ラッキー！

会社の診療所で黄疸が見つかり、代々木の東海大学医学部付属東京病院に緊急入院して胆汁を鼻から出す処置が終わったところだった。鼻から管を出しているものの、そのうち胆石を取り除き、すっきりするだろう。あーよかった！

その一か月前、私は一年一〇か月を過ごしたNHK山口放送局長としての単身赴任生活を終え、東京に戻っていた。新しい仕事は編成局の総合テレビ編集長。着任の日は籾井会長が招集した熊本地震対策本部会議への出席で始まった。編成局・総合テレビ編集の仕事とは、毎年の番組改定を行い、総合テレビの番組プログラムを決定するのが最大の仕事である。そのためこ番組の企画を募り、新番組開発などにもかかわる。だが、日常は総合テレビの編成が事件や事故で少しでも変動するとき、その変動をどうするか判断するのが仕事である。編集長は二四時間、寝ているときも携帯電話を身から離してはいけない。そう前任者から言われ、緊張の日々がはじまっていた。

急な辞令から一週間での着任のため、山口では一〇分刻みのあいさつ回りで全県を回り、夜は送別会続き、最後の数日は昼夜二階建てとなった。夫に来てもらって引越しの荷造りは着任前日。大きな電化製品は男性の後輩に、使いかけの調味料は女性の後輩に丸投げし、ごみの処理も頼む！というどたばた。荷物を積んだトラックを見送ったその足で大急ぎで新幹線に飛び乗り、翌日の八時半の会議から東京勤務が始まったのである。

そんな日々の少し前から、朝起きると胃がむかむかする日が多くなっていた。だが、宴会続き、不規則な生活、五〇代半ばを過ぎた自分の年齢から考えて、まあ、そんなこともあると市販の胃腸薬ですませ、東京転勤前後の怒濤の日々をやり過ごした。五月の連休はようやく数日休み、自宅にそのまま積んでいた引越し段ボールを初めて開けた。

連休明け後の五月一一日、その日も夕食を取る暇がなく帰宅途中、渋谷のコーヒーショップに寄ってピザをアイスコーヒーで流し込み、夜の九時ごろに電車に乗った。だが間もなく胃が下から突き上げられるような激痛が襲ってきて座っていられない。立ち上がってみたものの激痛は治まらない。途中駅でよろよろと電車を降り、駅員事務室にようやくたどり着いて「すみません、ちょっと休ませてもらえますか?」と言うのがやっとだった。救急車を呼びますか?と言われたが、横になっていたら治まったのでお礼を言って駅を出て、タクシーをひろって家に帰った。

翌朝はなんでもなくなっていたので、やっぱりピザの早食いがいけなかったか、と出勤。しかし、気になるので週末に近くの内科を受診した。「逆流性食道炎ですね」と言われ薬を処方。このあと一〇日以上、NHK局内の診療所の最初の診断も含め、私は「逆流性食道炎」だと思って日々を過ごした。だが、念のために、と診療所長が手配してくれた超音波検査で、二四日に黄疸がわかったのだった。

「目が黄色いですよ」と局内の診療所で出張超音波検査をしてくれた東海大学病院消化器内科の塩澤宏和先生は言った。その約六時間後、私は代々木の病室から空を眺めることになったのだった。

腹痛の原因がやっとわかり、思いがけず堂々と休暇も取れる。すっかりハッピーになった私のベッドサイドで、しかし夫はなぜか暗い顔をしていた。

――胆石くらいでそんなに心配しないでよ〜、それとも仕事で疲れちゃった？

私は、このときまだ自分の身に起きる「ジェットコースターの日々」をまったく想像していなかった。

2　「頭が真っ白」にはならず

腰にぶら下げたプラスチックボトルには、ダークグリーンの胆汁が鼻からの管を伝わって溜まり、定期的にその量を看護師さんが測りに来た。五月二四日午後に緊急に行ったＥＲＣＰ（内視鏡的逆行性胆管膵管造影）という処置で、閉塞した胆管の代わりに、管を入れて鼻から胆汁を体外に出す。胆汁が腸に流れないので脂肪が消化できないため、病院食は「無脂肪食」となった。歩くとボトルがからからと揺れ、なんといっても鼻から管を出しているのがかっこ悪くて鬱陶《うっとう》しい。顔にばんそうこうがべたべたで顔も洗えない。はやく胆石を砕いて管を抜いてくれないかなあ。しかし、胆石治療の連絡はいっこうに来ないまま、いろんな検査をして一日が経った。治療が混んでいるのかしら？

五月二五日夕方、ようやく塩澤先生に呼ばれた。よかったよかった、やっと始まる。塩澤先生はここまでの治療経過をひととおり説明し、「それで」と体の向きを少し変えた。

——なぜ黄疸が起きたかと言うことなんですが……。

——はい（そうそう、それが聞きたかったのです）。

——どうも胆石ではなさそうで、なんらかの腫瘍の可能性が高いと思われます。

——へ？　腫瘍？

——腫瘍にも良性と悪性がありますが、ＣＴの画像を見ると悪性ではないかと……。

さすがに、ここまで聞けばわかる。黄疸が起きた理由はがんだと疑われているのだ。CT画像に目を凝らすと、もやっとした網目状の塊が見えた（ように思う）。しかも、がんは「膵臓がん」の疑いが濃厚だというのだった。さらに肝転移もすでにしているかもしれない、という。検査を繰り返していたのは、そのせいだったのだ。

そのとき、塩澤先生がどのように「膵臓がん」という言葉を出したのかだけが、今は思い出せない。しかし、自分の心の中にそのとき噴出した気持ちは、はっきりと覚えている。

「来てしまった。だが、思っていたよりずいぶん早い」

私の家系はがん家系だ。母方の祖父母や叔父は肺がん、胃がん。父方の祖父母も大腸がん、父は七一歳のとき胸腺腫で亡くなった。だから私もきっとがんで死ぬだろうと覚悟はしていた。だがそれは「老いたら」の話で、もう少し先だと思っていた。一四年前に卵巣嚢腫を切ったこともあり、婦人科系のがん検診と人間ドックは欠かさずに受けていた。この年も、一月末に人間ドックを受け、四月に会社の健康診断を受けて異常なしのはずだった。

「膵臓はマズイ」

仕事で福祉番組や医療番組をつくってきたこともあり、家族にがんが多いこともあり、がんについては少しの知識はあった。たしか「膵臓がん」は、もっとも「マズイ」がんではなかったか？

——仕事柄、膵臓がんはあまり予後がよくないと聞いた気がするのですが……。

——そうですね、でも今はようやく抗がん剤も出てきて、〝選択肢〟ができました。

「選択肢」ができた、ということはこれまでは選択肢がなくすぐに死んでいた、ということなのか？　ますますマズイ……。

しかし、別の感情がぽっかりと心のなかに顔を出していた。

「息子でなくてよかった」

がん家系の私は、自分ががんになるのが怖かった。子どもを産んだとき、ますます「私は死んではいけない」と思い、大急ぎでがん保険に入り、息子に子ども特約をつけた。自分も死ねない、だがもっと強く思ったのは息子をがんにしてはいけない、ということだった。そんなことを思ったところで私は神様ではないので何の意味もない。保険に入ればがんにならないというおまじないのつもりだが、何の根拠もない。しかし、妙に力を入れてがん保険の書類にサインしたことを、このとき唐突に思い出した。

――(相当マズイ事態デアル。しかし息子ががんになったのではない。よかったではないか!)

この日の説明はまだ「疑い」という段階で終わった。明日以降、検査結果がいくつか出るのでそれを踏まえて診断をする、ということで、私と夫は診察室を出て病室に戻った。戻ると夫が「僕は昨夜きいてしまっていた」と初めて言った。そうだったんだ、だから暗い顔をしていたのか。「僕は『妻には言わないでくれ』って思わず言っちゃって、でも先生が『きちんと受け止められるはずだから言うべきだ』と……」。

——本人に言わないなんていまどきありえないでしょ! 落ち込んでる暇はない!!

と私は夫に威勢よく言い返した。優しい夫には申し訳ないことをした。

よくドラマや手記にあるように、頭が真っ白になるわけでもなく、夫にすがって泣き崩れる、というわけでもなかった。

妙に冷静に、「マズイ、ドウスレバイイノカ、カンガエロ」と、心の声が言っていた。

3 転院の決断

「膵臓がんの疑い」を告げられた夜、夫が帰ったあとで病室のベッドの上で小さなｉＰａｄを握りしめて、この病気について調べ始めた。そもそも膵臓というものがどこにあって、どんな働きをしているのかよくわからない。中学校の生物の時間だったか「人体」を習ったときに、ほかの臓器のように確固たる存在で鎮座している臓器でなく、たらこのようなナマコのようなフニャフニャしているあれ、ではなかったか？

国立がん研究センターの「がん情報サービス」をみると、まずそのフニャフニャした膵臓の説明があり、「膵臓がんはたいてい膵管にできる」、「胃の影にあって膵臓がんはみつけにくい」ということはなんとかわかった。おそるおそる見た五年生存率は、九％。ほかのがん種に比べて群を抜いて低かった。

ここで心が逃げを打ちかける。まだ、悪性と決まっていない。良性の場合もありうると先生は言っていた。だが、時間はないのかもしれない。

弟、親しい友人、同僚、取材で出会ってお世話になったことがある医師、などに私は自分の陥った事態を伝えるメールを打ちまくり、アドバイスを求めた。

二七日金曜日、諸検査の結果が出た。
塩澤先生からの説明を書きとり、すぐにｉＰａｄで必死にメモに整理した。

【五月二七日金曜日一七時より
主治医の塩澤Dr.から説明→坂井、坂井の夫】

☆細胞診結果について
二四日にＥＲＣＰをした際に採取した膵液、膵管の細胞診はクラス２。
体外に出した胆汁は細胞無しで判定不能。
胆汁は翌日のものも出しているが、まだ結果が出ない。

☆これまでの総合的所見
細胞診断はクラス２だが偽陰性の可能性がある。
また、転移しているかと考えた肝臓は超音波で再度見た結果、嚢胞のようである。

しかし腫瘍状に見える画像所見と、腫瘍マーカーCA19-9が六一三であることから、やはり膵臓がんの疑いが強いと考える。

腫瘍の大きさは二・五センチくらいか。

膵頭部を少し出ているようにも見える。

十二指腸外側への浸潤が疑われるが、確たることは画像だけではわからない。

門脈、主要動脈からは十分離れているが、他の動脈とは近接しており、やや心配。

☆今後の確定診断

針を刺して病理検査を行う生検EUS-FNA（超音波内視鏡下穿刺吸引法）とPETがあり、どちらにもメリット、デメリットがある。

PETの利点はスピーディーであること、感染症など、生検にあるリスクがないこと。

PETは系列病院で、三一日一五時に予約が取れている。

生検であれば別の施設の予約を取る。

☆治療の場所

以上のことから、なるべく早く確定診断と治療に入るべき。

あなたのがんは、ぎりぎり切れるのではないかと思う。

大学病院本院には膵臓専門の外科医師もいるので、その執刀は受けられる。

しかしながら、この病院では施設も限られており手術はできない。

国立がん研究センターなど専門の病院でという希望もあるかもしれない。

ゆっくりしている時間はないが、希望があったら伝えてほしい。

私はこの説明を聞いて、次のように言った。

「塩澤先生には局内の診療所での超音波で、黄疸を見つけて数時間後には処置をしていただき、早い段階で膵臓がんの可能性も伝えていただいて心から感謝している。

しかし、やはり膵臓腫瘍の専門家のもとで治療を受けたいという希望はある。

今後の闘病は、判断を時間との闘いでしなければならないと思うが、その際、施設が集約されていることも大切になるのではと思う。

その思いで、知人やネットなどで情報を集めたり相談はしているが、ただ、この希望を主治医の塩澤先生に相談するまでは、具体的に、固有名詞をあげて動くことはできないと考えていた。

この結果を伝えれば、間に立って行き先についてアドバイスをくれる人はいる」

普通に考えると、私立大学病院には系列があり、そこの中心的な病院に紹介するか、がんセンターなど専門病院への紹介が一般的らしい。

しかし、塩澤先生は私に「他の病院でも紹介状やこれまでのデータはすべて提供するので、よく考えて週明けにどうするか伝えてほしい。ＰＥＴの予約は一応キープしておきます」と言ってくれた。

私は、「黄疸になったことはがんが強いというマイナスにとらえるべきか、見つかってよかったと思うべきか」も聞いてみた。

「黄疸が見つかり、その日のうちにＥＲＣＰができてここまで最短距離で辿り着いている。それはあなたが持っている運です。

黄疸だからがんが強いということでなく、見つかって幸運だったということです」

私は診断結果を、それまで相談していた友人知人に重ねて送った。

その結果、いくつかの病院を勧めてくれる返信があったが、もっともありがたかったのは、知人がもたらしてくれた情報だった。

東京大学医学部附属病院（東大病院）の肝胆膵外科の阪本良弘医師の名前を教えてくれたのである（現在は杏林大学医学部消化器・一般外科　肝胆膵外科部門　教授）。

そのほかにもらったたくさんのアドバイスのなかには、いろいろな意見があった。「がん専門の病院がよい、ただし手術までは六週間」「大きな病院よりむしろ小規模な病院のほうが何かと融通が利いていい」「手術できるとは限らない。膵臓がんは厳しいから緩和ケア病棟まで備えた病院のほうがいい」「本当に転院して揉めないのか？」などなど……。いったい何をどう考えればいいのか？　膵臓がんになってからまだ数日だというのに、わかるはずがない。

そんななか、私は東大病院の肝胆膵外科のＨＰを見た。そこには笑顔の阪本医師の写真と、次のような言葉が載っていた。

外科医は手術という治療法を通じて患者さんの人生に大きく介入する重い責務を担っていますが、それゆえに患者さんに納得していただける医療を提供することを信条としています。最近では進行がんに対しても化学療法の併用や術式の工夫によって根治術を施行できる確率が高くなってきましたし、当科の肝移植の成績は非常に良好です。共に考え、治療を進めましょう！

これは医局の紹介ページであり公開されたものだが、むしろ研修医や医学生・留学生向けの言葉なのかもしれなかった。でも私は「根治術を施行できる」という言葉にまず惹かれ、「手術という治療法を通じて患者さんの人生に大きく介入する」という言葉に強く打たれた。そんなふうに考えてくれる医師に診てもらえるのは幸せではないか。ほかにそういうことを書いている医師はいなかったし、他の病院や大学のＨＰにも「わが病院の治療成績はすばらしい」「世界のトップを目指す」などの文章が列挙されているなかで、阪本医師の言葉は私の胸に強く刺さった。

私はこの医師に診てもらいたいと思った。

週末の五月二八日〜二九日、自宅に帰って初めて息子に病気のことを説明した。

週明け五月三〇日一三時、外来を終えて病室に来てくれた塩澤先生に東大病院への転院の希望を伝えた。すぐに紹介状を用意する、との返答。

両病院間で連絡がとられ、六月一日九時、私は東海大学医学部付属東京病院を退院した。

「大変お世話になりありがとうございました。がんを見つけられたのは塩澤先生のおかげです。

治せたら報告します」

「治せたら、ではなく、治して、報告して下さい。

がんは闘う気持ちが大事、それをなくすと負けてしまいます。

笑いも免疫力をたかめるという研究もある、あとは治すだけだから頑張って下さい」

私は、初めて涙が出そうになった。迅速な診断を下し、快く転院をサポートしてくれた塩澤先生は、この病気になって出会った最初の恩人だと思う。

4　主治医との出会い

六月一日朝、紹介状と画像のCD-Rを受け取り、東海大学病院を退院した私はタクシーでそのまま東大病院へ向かった。

午前一〇時。鼻から管でつながれた胆汁のボトルをぶら下げたまま、初めて足を踏み入れた東大病院の受付フロアは、所狭しと椅子が並び、空港の待合室のようだった。

「ここがカンタンスイ外科、というところか……」

恥ずかしいことに、私はHPで阪本医師の紹介を見るまで「肝胆膵」という言葉も、そういう診療科があることも知らなかった。東大病院の肝胆膵外科は肝臓移植でも国内トップクラスであり、肝胆膵ともに手術件数も国内トップを競うハイボリュームセンターである。そんな大変なところなのだが、私は無知だった。

考えてみれば肝臓、胆のう、胆管、膵臓は人体の要のような臓器であり、まさに肝(きも)なのであるが、胃腸に比べて日々の体調で気にすることが少ない。肝臓を意識するのは、飲酒しすぎのときに「きょうは休肝日なのでノンアルビールにします」などという時くらいのもので、ましてや膵臓、胆のうをや。そういう意味でもまったく私は阿呆であった。

しかし、猛烈に速いスピードで流れ始めている。その実感は主治医の阪本先生に初めて会った際にも感じた。阪本先生は、私の治療について、

＊非常に標準的な膵がんであり、問題なく切れると思うので六月一三日に手術を予定している

＊術前の抗がん剤治療は行わない

＊手術は膵頭十二指腸切除　手術時間八～九時間　出血五〇〇cc以内

＊術後は三週間で退院

＊術後TS-1という抗がん剤を服用する

ということを説明したあと、

「慎重かつ積極的にやります！」

と元気に締めくくった。

いや、主治医に対して「元気に」という表現は失礼かもしれない。「力強い」と言うべきか。「慎重かつ積極的」という言葉も印象的だったが、その語気の力強さがもっと印象的であった。病院に足を踏み入れた瞬間からのこのスピード感と力強さは、突然とんでもないがんに見舞われてどうしていいかわからない患者にとって、大変な力を与えてくれるものだった。そしてもっとあとになって、膵臓がんという病気の進行の速さを知った今では、このスピードこそが命を救ってくれたのだと思う。

私は、転院を受け入れてくれたお礼を言った。その後、今日に至るまで私の恩人となる阪本先生は、

「いや、これはご縁ですから……。ご縁なんです」

とニッコリして言った。

こうして私のがんの治療が始まったのである。

5　手術はゴールではない

肝胆膵外科の朝はうるさい。

ナースコールが鳴り響き、それにこたえる看護師さんたちの声や、走っていく足音が交錯する。点滴が終わったことを知らせるアラームが、そこここでピーピーと鳴り、呼吸器訓練をする「カラカラカラカラ」という不思議な音が、あちこちの病室から漏れてくる。

入院から手術まで二週間。毎日なんらかの検査と、その結果説明がある。ドクターだけでなく、病棟看護師、薬剤師、栄養士、そして手術に向かって、手術看護師、麻酔科医とさまざまな人たちが病室を訪れた。このなかで、私の担当となった看護師からの「術後についてのレクチャー」に、私たち夫婦は震え上がった。

まず、示されたのが「術後、こんな感じでＩＣＵから帰ってきます」という説明用のイラストだった。そこには、包帯でまかれ、管を何本も体から出した患者の姿が描かれているのだがどう見ても、「瀕死のミイラ」にしかみえない。

とにかく、私が受ける手術は「消化器分野でもっともむずかしく、患者負担が大きいものの一つ」である「膵頭十二指腸切除」なのである。私のがんは膵頭部（十二指腸より）にできており、やや膵臓をはみ出しているらしかった。膵頭十二指腸切除は、この膵臓がんごと、膵頭部、胃の一部、十二指腸全部、胆のう全部、胆管の一部、さらに所属するリンパ節をがっさりと切除する。だから術後後遺症が、またすごい。看護師の説明によれば、まず激しい下痢と、食欲不振が起こる。ほとんどの人は、術前の半分以下しか食べられない。

さらに、次のような合併症が起こりうる。

＊胃内容排泄遅延

十二指腸を切除して胃と小腸をつなぐが、術後の食事が胃から排出されない。

原因は不明だが、しだいに解消する。

＊膵液漏

膵液は体内で漏れると血管を溶かしてしまう。

＊胆管炎

胆のうを切除し、胆管も短くなるので、腸の内容物が胆管に逆流しやすい。

腸内は雑菌が多く不潔なので、胆管が炎症を起こして高熱を出すことがある。
＊肺の収縮
手術の影響で肺が収縮することがある。その予防のため、呼吸訓練器を院内売店で購入し、息を吸う練習を術前にやっておくこと。カラカラという音はこれだった。

これらは、すべて起こるわけではない。起こらないものもある。しかし、イラストの怖さと同時に、聞かされる術後後遺症の話は、私たちをビビらせるに十分だった。


そして、主治医による術前の詳細なインフォームドコンセント（I章1参照）を経て、六月一三日、手術の日を迎えた。

私は、落ち武者の着流しのような手術着と、T字帯（紙のふんどし）のみ身に着けた、はなはだ心もとない恰好で、手術室まで歩いていった。

東大病院中央診療棟五階手術部フロア。自動扉の前で送ってきてくれた病棟看護師と家族と別れる。扉の中では各手術チームが五〜六チーム待機し、それぞれの患者を待っていた。私が家族に手を振って手術エリアに入った途端、チームの人たちが駆け寄って、ふわっと大きなシーツのようなもので体をくるまれた。ほのかに温かく、心もとなさから解放される。むずかしい手術だと、十分に説明を受けたが、手術そのものに対する心配や不安はまったくと言っていいほどなかった。手術の日を迎えられた嬉しさのほうが大きく、術後後遺症のこともどこかへ吹っ飛んでいて、ハイな気分。不謹慎なことに目の前に出現した広大なスケールの手術フロアに興味津々だった。

いままで、仕事で手術のロケをしたことはある。しかし、東大病院の手術フロアはスケールが違った。オペルームは二三室。テレビ局のスタジオのようにバンバーン！と並んでいる。ここでは、この二三室の空きがほとんどないくらいに二四時間三六五日、生命にかかわる手術が行われているのだろう。そのひとつひとつの手術には、執刀するドクターのほかにも、私に温かいシーツをかけてくれた看護師のように多くの医療のプロフェッショナルがかかわっている。ここで「ドキュメント72時間」を作ったら……などとさらに不謹慎な方向に流れかける気持ちを制御して、神妙に座っていた。

一〇分ほど経っただろうか。オペルームへの移動が始まる。私は四番手術室だった。日本のホテルや旅館には「四番＝死」を嫌って部屋番号からとばすところもあるが、さすがにここではそんな非科学的なことはしないのだな、などとくだらないことを思う自分にあきれながら、入室。医療ドラマでよく見る手術台と、大きな照明器具がそこにはあり、自分で上るとすぐに脊髄に硬膜外注射。マスクをされるとあっという間に意識がなくなり、術後にＩＣＵで目覚める約一〇時間後まで、ただただ眠っていた。その間に、私の命を救ってくれた大手術が行われたのだった。

手術は成功した。ＩＣＵで目覚めるとものすごく怖い顔をした夫の顔が見えたので、何かよくないことが起こったのかと思ったら、興奮していたらしかった。膵臓のがんはすべてとりきることができ、がんが門脈に接しているために予定されていた門脈合併切除は「門脈のまわりの組織をぴりぴりとはがすことができた」ということで、行わずに済んだ。手術時間八時間、出血はわずかに四〇〇ccだった。

家族の後ろに阪本先生の笑顔が見えた（ように思う）。それなのに夫も息子も、弟も、興奮のためか手術の待機で疲れているのか、真剣な顔をしているのがなんだかおかしかった。それだけ心配させていたのだ。

麻酔で朦朧《もうろう》としながら、私は家族と、手術をしてくれた先生たちに深く深く感謝した。

＊

手術は無事に終わった。しかし、手術前に阪本先生が何度か繰り返していた言葉があった。「手術はスタートラインです」。その言葉の重みを私は、このときまだ理解も意識すらもできていなかった。

いま、この文章を書いている二〇一八年五月は手術から約二年後である。この「スタートライン」の日から、術後の激しい下痢生活、脱水での入院を経て、再発、抗がん剤治療、再手術、再再発、再度の抗がん剤治療、と私は、「容赦なき膵臓がん」と生きてきた。決して根性があるわけでも我慢づよいわけでもない性格の私にとって、「勘弁してほしい」と切に願う日々の連続である。外科医が活躍する人気ドラマでは、手術の成功が常に番組のエンディングだ。あーよかった、とスカッとして終わる。しかし、現実には、手術はゴールではなくスタートラインなのだった。

だが、容赦なき膵臓がんが攻撃を繰り出してくるたびに、そのまましぼんでしまいたくない、という闘争心、というより〝人生に対する欲望〟が芽生えていったように思う。

阪本先生は「手術は(治療の)スタートライン」だと言った。けれどその言葉は、私にとって、非常に困難であり、かつ望んでいたものとはちがうけれど、まぎれもなく「人生の再スタートライン」に立たせる言葉となったのだと思う。

I

学ぶ

――患者としての好奇心

新宿御苑のカンレンボク

1　主治医によるインフォームドコンセント

手術を週明けに控えた二〇一六年六月一〇日、主治医からのインフォームドコンセントがあった。点滴スタンドを引っ張ったまま病室からナースステーションの脇を抜け、奥まった小部屋に入る。中央にパソコンがあり、私と夫、主治医の阪本医師、担当医、研修医がそのパソコンを囲むように座ると、そこはゼミ室のようだった。主治医の説明が始まる。

私の病気は「浸潤性膵管がん」であり、手術と化学療法、放射線治療を組み合わせた治療を行う。これを「集学的治療」と言う。

手術は膵頭十二指腸切除。門脈に浸潤している可能性が高いため、門脈合併切除を行う。手術時間は八〜九時間、切除に五〜六時間、その後つなぐのに三時間かかる。出血量は五〇〇cc以内。開腹して肝転移や離れたリンパ節への転移がみつかると、切除しないで手術を中止する。

手術の合併症は膵液漏(膵液が漏れて内臓を溶かす)と、胃内容排泄遅延。短期的には感染症やエコノミークラス症候群、肺炎、せん妄など。三週間ほどで退院の予定だが、退院後は体重減少、低栄養、胆管炎、血糖値上昇などのリスクがある。

私は、小さなメモ帳しか持っていなかった。主治医の言葉とパソコン画面を追って必死にメモしながら、もっと大きなノートを持って来ればよかったと後悔した。手術のリスクや後遺症について、いろいろと怖い話がでたものの、先生たちに任せておけば大丈夫だという気持ちが勝り、あまり心配にならなかった。

私は、主治医がごく最初に出した「集学的治療」という言葉が印象に残った。「チーム医療」という言葉は聞いたことがあるが、「学を集める＝集学」という言葉は初めて聞く言葉だった。どういうことなのか、もう少し聞きたい気がした。

また、「膵頭十二指腸切除」の言葉が出た時には、パソコンに「膵頭十二指腸切除の歴史」というパワーポイントが映し出されていた。主治医は、「一九三〇年代から行われてきたんですが、これをやってると時間がないので……」と、その資料を飛ばして先へ進んだ。

膵頭十二指腸切除は、がんができた膵臓の十二指腸寄り（膵頭部）と、十二指腸、胆のうすべてと胆管、胃の一部、周辺のリンパ節を切除する大がかりな手術である。消化器の集中する要のような場所であり、重要な神経や血管も数多い。このため、内臓の手術としては最難度、かつ患者の負担も最大、と言われる。その手術が一九三〇年代から行われてきたという。一九三〇年代と言えば、世界中でファシズムが台頭し、戦争へ向かってゆく時代だ。そういう時代にどこでどのように発達したのか？　専門家と患者にどのような試練と試行錯誤があったのか？　私はすぐそこに自分の手術が迫っていることも忘れて、すっかりそれを知りたくなっていた。だから「これは飛ばしましょう」という主治医の言葉にがっかりしたが、仕方がなかった。

一通り、手術とそのリスクのインフォームドコンセントが終わって、「何か質問は？」と聞かれた。私は、PET検査の結果、すでにリンパ節への転移がわかっていたので、術後の再発のことがいちばん気になっていた。聞くのが怖い気がしたが、思い切って聞いてみた。

「手術でがんを切除していただけた後、私はどのくらい生きられるのでしょうか？　年単位なのか、月単位を覚悟したほうがいいのか、どうなんでしょうか？」

「厳しいですね」と、まず主治医は言った。思い過ごしかもしれないが、同席している担当医、研修医が、ちょっと下を向いたような気がした。厳しいのか……と思った時、主治医がパソコンの画面にグラフを出した。それは、手術後の患者に、再発予防のために化学療法を行った臨床試験の結果である。従来使われていた抗がん剤ゲムシタビン（商品名ジェムザール）と、新規に用いられたS-1(テガール・ギメラシル・オテラシルカリウム配合剤＝商品名TS-1)の比較において、五年生存率はTS-1で大幅に伸び、グラフの数値は五〇%に達しそうに見えた。

「これは、つい最近『ランセット』という雑誌に発表されたものですが(Uesaka *et al., Lancet* 2016; 388: 248-257)、TS-1を使うと、生存率が大きく伸びています」

凄い、と言ってそのグラフを覗き込む私と夫を見て、しかし主治医は続けた。

「ただし、これは臨床試験の集団の結果であって、患者さんひとりひとりがどうなるのかはまた別の話ですが……」

この話は、臨床試験で統計的に効果があるという科学的根拠(エビデンス)が得られた薬剤でも、患者ひとりひとりに効くとは限らない、という、のちに学ぶことになる話なので、このときはよくはわかっていなかった。とにかく、「効果のあるTS-1という薬を、術後に頑張って飲もう」ということを、単純な私は前のめりで決意した。

と同時に、『ランセット』に発表されたばかり、というのも凄いことだと思った。この雑誌が医学の世界で大きな権威を持つことは、仕事でおぼろげに知っていた。そこに発表されたばかりのTS-1と、一九三〇年代から研究と実践が続けられてきた膵頭十二指腸切除。私はそれらを組み合わせる医療を受けようとしているのだった。これが「集学的治療」ということなのだろうか？　病気がわかってから半月、多くの励ましのなかに「医療の進歩を信じろ」という言葉をくれた先輩もいた。これがそういうことなのだろうか？

手術前の高揚と、説明を聞いた後の好奇心のようなものがまざりあっていた。

私は説明後、輸血や研究協力などのたくさんの同意書にサインしながら、とにかく手術に向かってあと数日無事に過ごさねば、と決意を新たにした。同時に手術が終わって落ち着いたら、いつか先生に、この治療についてもっと詳しく教えてもらいたい、という野望（?）を持った。

だが、術後の後遺症と化学療法は、のんきな私の想像をはるかに超えており、まったくそれどころではなくなったのである。

2　医療の進歩を実感する

手術前のインフォームドコンセントで、自分が受ける治療について好奇心を掻《か》き立てられてしまったものの、実際手術を終えてみると、それについて勉強したり調べたりするなどという生活は無知な妄想であったとわかった。

ＩＣＵから病室に戻り、数日後に脊髄にいれていた麻酔を抜くと、猛烈な痛みが襲ってきた。開腹手術の縫合傷の痛みだけではない。複数の消化器を切除しているため、口から物を入れるとその通過のたびに痛みがバリバリとやってきた。ほぼ二四時間をカバーする飲み薬の痛み止めが出ていたため、食事前に痛みどめを飲み、おそるおそる食事をするという日々が続いた。

さらに、予告されていたことだったが、下痢がすさまじかった。腸の動きをコントロールする神経叢《しんけいそう》を大幅に切っているため、多い時には一日一五回かそれ以上、数えていられないほどの下痢に襲われた。夜中も下痢が絶えないので眠れない。しかし、これはこの手術の常であり我慢するしかない。手術の成功を喜んで友人たちが見舞いに来ようとしてくれたが、「下痢が止まらないのでごめん」と謝るしかない。ひどい時には一〇分とおちついてベッドに座っていられないので、とてもお見舞いを迎えるどころではなかった。

また、お腹からは退院の時期になっても一本の管が抜けなかった。腸に直接栄養を流し込む「腸瘻《ちょうろう》」という管である。お腹から飛び出したこの管に点滴バッグから四〇〇キロカロリーの栄養剤が送り込まれるのだが、一パックに八時間かかる。四〇〇キロカロリーといえば健康なときにはボリューミーなケーキをぱくっと食べれば済んでしまうカロリーだが、それに八時間もかけなければならない。あまつさえ、(尾籠な話だが)その栄養剤はどうみても〝下痢の素〟にしか見えない色をしていた。腹痛と下痢と術後後遺症の「胃内容排泄遅延」のためか、口からの食事は、次第にできなくなってゆき、この腸瘻による栄養補給はなかなかやめることができなかった。しかしほかの経過は順調で、手術から四週間後、私はお腹から管を出し、大量の栄養パックを持って退院となった。

退院後さらに二週間、最初の外来診察で主治医がお腹の管をするすると抜いてくれた。一メートルくらいあったかと思う。こんなに長いものが腸に入っていたのか、と驚き、抜いた痕はすぐに閉じますから、と特に縫うわけでもなく、そのまま帰宅することにも驚く。身軽になって喜んだものの、下痢はまだまだ止まらない。

腹痛と下痢の連続は、本どころか新聞すら読む気力を失わせた。手術前に知りたいとか調べたいとか思っていたことは、すっかりどこかへ行ってしまった。外来に出かけるときも、下痢がいつ来るかわからないので、紙おむつをはいてでかけた。外来診察中も、いつお腹がいたくなるかわからない。そんな状態で「先生がインフォームドコンセントでおっしゃった『ランセット』のことですけど……」などと教えを乞う余裕も気力も、あるはずがなかった。いったい「人間は考える葦である」などとスタイリッシュなことを言ったのはどこの哲学者だったか？　お腹は毎日、壊れた洗濯機のようにゴーゴーひゅるひゅる、時にはガガガッと音を立てつづけた。私は葦ではなく、ただの排水管となっていた。

その後、下痢が止まらないなかで再発予防の抗がん剤が始まり、いったんは脱水症状で入院もした。下痢の回数が減りまとまった時間をおちついて過ごせるようになったのは、術後半年を過ぎたころだっただろうか。

このころ、私はようやく、まとまった活字を読む気力が戻り、一方で再発予防のための抗がん剤が規定のクールを終えることに不安を覚えていた。およそ半年間続けてきた抗がん剤は、手術前のインフォームドコンセントで五年生存率四四％と紹介された、S-1であった。私はこの薬について、ほそぼそと勉強を始めた。

S-1は、DNAの複製を阻害する代謝拮抗剤5FU（フルオロウラシル）の効果を高め、副作用を軽減する工夫が加えられた経口抗がん剤である。もともと胃がんや、再発乳がんの治療薬として使われていたが、私が手術を受けた二〇一六年六月には、『科学的根拠に基づく膵癌診療ガイドライン二〇一三年版』に基づいて、術後の補助化学療法(=再発を予防するため化学療法を行うこと)としてこの薬を用いることが第一選択とされていた。

もともとほかのがんに用いられていた薬が、膵がんに用いられるようになったのは、なぜなのか? またそれが世界的な注目を集めているのは、なぜか?

S-1を膵がんの補助化学療法に用いる臨床試験は、日本で行われたJASPAC-01という。膵臓がん根治は手術による切除しか方法がない。しかし、手術できる患者は全体の三〇%、しかも手術後の再発率が高く術後の補助化学療法が無かった時代は九〇%、二〇〇七年にドイツで行われた臨床試験後にゲムシタビンが用いられるようになって以降も再発率八〇%という数値であった。このため、術後の補助化学療法の研究が世界中で行われてきたが大きな成果は得られていなかった。

こうしたなか、日本では胃がんの治療薬S-1が膵がんにも二〇〇六年に保険適用されたことから、静岡がんセンターが中心となって、ジェムザールとS-1の術後抗がん剤としての効果を比べる臨床試験が計画された。全国の病院からステージII以下、およびIIIの切除後患者が登録される「多施設共同オープンラベル第Ⅲ相試験」である。二〇〇七年四月一一日〜二〇一〇年六月二九日の間に三八五例が登録され、最終的にはゲムシタビン群一九〇例、S-1群一八七例が正式登録された。

この臨床試験は計画当初、S-1はゲムシタビンに比べて「非劣性」つまりゲムシタビンに劣らず同等の効果がある、という結果を期待して始まったという。ゲムシタビンは注射用製剤で、「週一回投与を三週連続、四週目は休薬する」を一クールとして投与を六か月程度繰り返す。外来での点滴だと病院に長期間通院する必要があるが、S-1は飲み薬なので、自宅や、場合によっては働きながら職場などでも服薬できる。症状が落ち着いていれば医療機関を受診する回数も二週間に一度程度で済む。静岡がんセンターの上坂克彦医師は二〇一七年のインタビューで次のように語っている。

S-1による治療は医療機関に来る回数を減らし、患者さんの負担軽減につながります。S-1がゲムシタビンと同程度の効果をもつことが証明できれば、S-1を用いた新しい治療方法を提案できるようになります。

(メディカルノート https://medicalnote.jp/contents/170418-001-AZ)

しかし、その結果は上坂医師自身が「驚くべき結果が得られました」と語るようなものだった。臨床試験では、最終的な結果が出る前に「中間解析結果」を出すことになっているが、このJASPAC-01では効果安全性評価委員会が、参加している三三の医療施設に「患者さんデータに誤りがないか確認せよ」という通達を出した。これは異例のことだったが、その理由はこの時点ですでにS-1がゲムシタビンの効果を大きく上回っていたからである。S-1はゲムシタビンに対して「全生存において非劣性のみならず優越性も示」し、「無再発生存期間を有意に改善した」、ゲムシタビンもS-1も「膵癌術後補助療法において忍容性が高い」(上坂克彦ほか『胆と膵』34巻(8)、二〇一三年)ことがわかり、米国臨床腫瘍学会(ASCO)で報告。このとき行われていた日本の『膵癌診療ガイドライン』の改訂作業は、この結果を反映させるため編集日程が変更された。『膵癌診療ガイドライン二〇一三年版』の補助療法の項では、「術後補助療法のレジメンはS-1単独療法が推奨され、S-1に対する忍容性が低い症例ではゲムシタビン塩酸塩単独療法が推奨される」となっている。最終的には、補助化学療法にS-1を用いた群の五年生存率は四四・一％となり二四・四％だったゲムシタビン群を大きく上回った。この結果が二〇一六年の『ランセット』に投稿されて、世界的な成果として認められたのである。

改めて『ランセット』電子版の投稿日付を見ると二〇一六年六月二日である。私が手術のインフォームドコンセントを受けて初めてこの薬の効果を知り、心を動かされたのはその八日後の六月一〇日だった。すでに診療ガイドラインの改訂は行われていたとはいえ、S-1の研究経緯を知ると、S-1の世界デビューと私の病気のタイミングになにか、感動する。このようにして研究と臨床は日々進んでいるのだという実感である。

私は手術前、自分の膵臓がんはステージⅢだろうと考えていた。だが術後の病理検査で切除済みの離れたリンパ節に転移が見つかり、術後のステージはⅣaとなっていた。だからステージⅠ〜Ⅲに限定されて行われたJASPAC-01の数値は私には当てはまらない。Ⅳa患者の術後の補助化学療法に関するエビデンスは無い。でも私は、四四・一％に入りたいと痛烈に思っていた。

一方で、こうした論文を読みながら「五年生存率」の数字の裏に、臨床試験に参加して五年生きられなかったS-1群五五・九％、ゲムシタビン群七五・六％の人たちがいることを初めて意識した。また臨床試験で新薬の効果判定の最重要項目となる「全生存期間中央値」の意味は「臨床試験に二〇一人参加した場合、生存期間の短いほうから順に一〇一人目が死亡した時」という定義も、S-1の開発史に惹かれて、論文を読む中で初めて知った。論文で必ず登場する右肩下がりのグラフは、参加した患者が年月を経ると亡くなっていくことを示す。それがロングテールであること、グラフの最終点がゼロにならないこと、つまり相当長期間たっても誰かは生きていること、を祈って論文のグラフを見るようになった。

臨床研究とはもちろん綿密な計画がなされ、倫理的にも患者の同意など諸権利が守られて行われる。そして、その成果は今の患者である私たちを大きく助けてくれている。しかし、そこに「死亡」という形で足跡を残す多くの患者が存在する冷厳な事実もまた、知ることになった。

3　新薬と「勇敢な患者」

FOLFIRINOX（フォルフィリノックス）。

新鋭の戦闘機か、はたまた宇宙人か、を思わせるこのものものしい言葉は、膵臓がん患者の間で「最強最悪」と恐れられている治療法の名前である。最強とはその効果、最悪とは副作用の強さを指す。FO＝5FU、LF＝レボホリナート（ロイコボリン）、IRIN＝イリノテカン、OX＝オキサリプラチン、という四剤併用の薬であるため、このような名で呼ばれる。

国際学会での報告は二〇一〇年。その時の様子を『日経メディカル』の記事は「FOLFIRINOXがやって来る　効果も副作用も超弩級《ちょうどきゅう》」（二〇一一年七月一日）というセンセーショナルなタイトルで次のように伝えている。

> 米国臨床腫瘍学会（ASCO）の会場が、時折ロックコンサート顔負けの拍手と歓声に包まれることがある。生存期間を大幅に延長するなど画期的な成績が報告された場合にそうした光景が見られるのだが、二〇一〇年ではそれが膵臓がんの会場で起こった。（中略）講演が終わるや、聴衆たちは一斉に立ち上がり、拍手と賞賛の声を送り始めた。このスタンディング・オベーションは数分間にわたって続いた。

これはフランスのティエリ・コンロイらによるACCORD11と呼ばれる第Ⅲ相臨床試験の結

果報告である。化学療法を受けたことがなく、遠隔転移を有する膵がん患者に対し、それまで用いられてきたゲムシタビン単剤療法とFOLFIRINOX（以下FFXと略）との比較をしたものだ。二〇〇五年一二月から二〇〇九年一〇月までに双方に一七一人ずつの患者が無作為に割り付けられた結果、奏功割合（九・四％対三一・六％）においても、全生存期間（六・八か月対一一・一か月）においてもFFXが大幅な延長を示した。

日本でも、日本人での有効性と安全性を確認するため二〇一一年から二〇一二年に国内第II相試験が行われ、二〇一三年一二月に薬事承認を得て保険適用となった（尾阪将人『腫瘍内科』19巻（3）、二〇一七年）。

しかし、発表当初から危惧されたのは、その副作用の強さだった。

もともとFFXは三剤併用のFOLFOX（フォルフォックス）とFOLFIRI（フォルフィリ）という双子のような名を持つふたつの治療法の合体版である。双方とも大腸がんなどの治療に使われるが、FOLFOXのオキサリプラチンによる末梢神経障害とFOLFIRIのイリノテカンによる下痢が強い副作用として知られており、FFXはこの両方が出現する可能性が大きかった。ACCORD11の登録患者は全身状態がよく、年齢も七六歳以下の患者が選ばれていたこと、にもかかわらず好中球の減少など強い毒性に耐えられない患者への対応が指摘され、課題となった。

このため、登場初期には「たった三カ月の延命で地獄の拷問」と著書に書く医師も現れ、私もそうした記述を読んで、できれば使いたくないと思ったのだった(私は結局一年以上にわたりFFXを使い、その副作用も経験することになるのだが、それは後述する)。

ピュリッツァー賞を受賞した、医師のシッダールタ・ムカジーは、受賞作『がん　4000年の歴史』の三章分を割いて、多剤併用高用量の化学療法がどのように開発され、どれだけの批判にさらされてきたかを書いている。一九六〇年代初頭の白血病治療薬VAMP(四剤併用)や、それに続くホジキンリンパ腫治療薬MOMP(四剤併用)などである。VAMPに踏み切る医師たちの決意を、ムカジーは次のように書く。


「最大限かつ周期的かつ集中的かつ最前線の」化学療法をおこなわなければならない。無慈悲で冷酷なまでの執拗さで、何度も治療を重ね、患者が副作用に耐えうる限界を押し広げていかなければならない。(『がん　4000年の歴史』田中文訳、早川書房、二〇一六年)

また、VAMPの章の扉には次の言葉がある。

われわれが殺したのは、腫瘍か患者か、そのどちらかだった。

――ウィリアム・モロニー（一九〇七〜一九九八。血液学者）

初期の化学療法について　（前掲書）

どうしてここまでして多剤併用をするかと言えば、がんの耐性に対抗するためである。がん細胞は、最初は効果を示す抗がん剤に対しても次第に変化して耐性を持ち、やがて効かなくなる。これを回避するために効果発現のメカニズムも、毒性も違う薬を同時に使えば、がんの耐性発生率を下げられると考えられたからだった。

ＦＦＸも、その流れのなかにある。

ＦＦＸについては各国で、副作用軽減の研究が行われ、modified FFX（ｍＦＦＸ）が開発される。私の場合は四剤の用量をすべて八〇％に下げたうえ、四六時間の点滴を継続する５ＦＵの前に設定されていた、同じく５ＦＵの急速静注をやめる、というものだった。日本でも臨床試

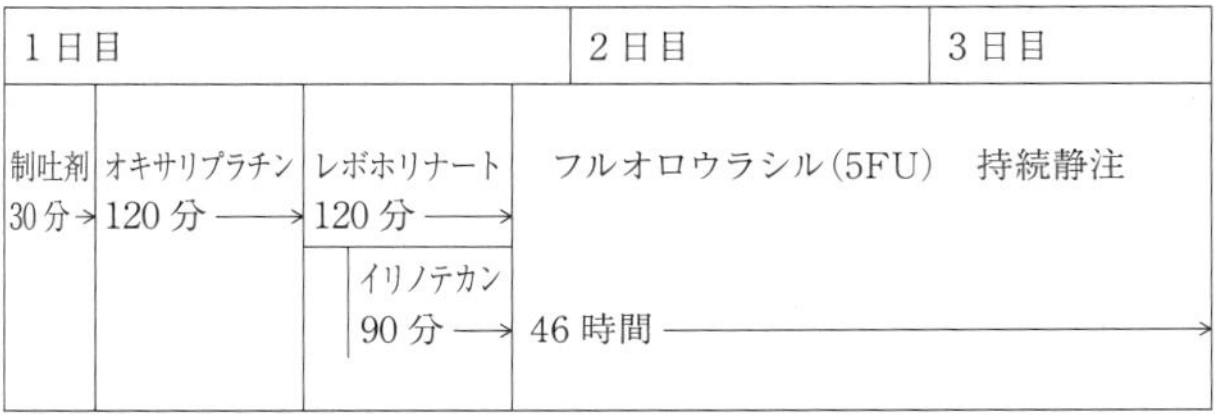

1日目			2日目	3日目
制吐剤 30分→	オキサリプラチン 120分 →	レボホリナート 120分 →	フルオロウラシル（5FU）　持続静注	
		イリノテカン 90分 →	46時間 ────────────	

図1　抗がん剤の投与

験が実施され、現在多くの患者がこのｍＦＦＸを受けている。さらに吐き気止め（制吐剤）は点滴や飲み薬の組み合わせが日々更新され、イリノテカンの副作用軽減のためアトロピンが事前に点滴されることもある。実際に私が受けたｍＦＦＸのプログラムは、図１のようなものだった。

　ｍＦＦＸが依然として副作用が強い薬であることは事実だが、一方で副作用軽減の努力は不断に続いている。その結果、「超弩級」と危惧されたこの薬剤で効果を手にする患者は私自身も含め、世界中で増えていると言えるだろう。

　ＦＦＸの臨床試験を報告した『ニューイングランド・ジャーナル』の論文（N Eng J Med. 364(19): 1817–1825, May 12, 2011）には、本文を終えた後の欄外に、一段階小さな活字で次の記述がある。

We thank the brave patients who participated in this study, their

families for their trust, . . .
（われわれはこの研究に参加した勇敢な患者とその家族の信頼に感謝する）

このような謝辞は専門家にとっては、常なのかもしれない。しかし、四剤併用で副作用は強いことしかわかっていない、どんな苦痛や負担が襲ってくるかわからないと同時に効果も定かでない臨床試験に参加した三四二人の患者たち。私が想像したこともない、見知らぬその人たちのおかげで私の治療が成り立っていると思うと、その小さな活字に目が吸い寄せられる。もっと言えば、FOLFOXにもFOLFIRIにも、その前のイリノテカンにもオキサリプラチンにも同じように勇敢な患者が参加していたはずだ。

一方、オキサリプラチンとはプラチナ（白金）の毒であり、イリノテカンはカンレンボクという樹木の根にある毒だという。そうしたありとあらゆるものを薬に使うという発想とそれを実現してきた科学の力にも、単純に驚いてしまう。

二〇一八年の夏の終わり、新宿御苑にカンレンボクの大木があると知って訪ねてみた。晩夏のセミが激しく鳴いている、ごく普通の公園樹木がそこにあった。並木などにもごく普通に使われる樹木だという。ｍＦＦＸの二〇クールを終えた私の身体は、プラチナの毒で手足と舌の先が痺れ、カンレンボクの毒で頻繁に下痢を起こす。それでも、極東の島国のちっぽけな私に、この薬が届くまでの科学者の叡智と、何千何万の患者の勇気を思うと不思議さと感謝が入り混じった気持ちが押し寄せてくる。

4　「集学的治療」とアポロ13

がんを告知されて入院してすぐ、ＮＨＫの同期の友人田波宏視さんが来てくれた。彼は仕事においても人柄においても同期の友人たちの信頼が抜群で、その後も折に触れて私を励まし、また私の病状を友人たちに知らせてくれた恩人なのだが、初めて病室に来てくれたとき、大真面目な顔をしてＤＶＤを差し出した。見ると映画『アポロ13』だった。ええ？　なんで？　と私が笑うと、まったく笑わず大真面目な表情を崩さずにひとこと、「絶体絶命からの生還」と言った。

私は手術を一週間後に控え、「生還」することに疑いを持っていなかった。手術は成功し、再発もしない。絶対に元の生活に戻る。そう信じていた。だが、そうか、私は絶体絶命なのだな？と改めて思った。彼は、職場で集団の空気が安易に流れそうになるときに、皆が鼻白んでも本質をズバリと言う人だ。大丈夫、頑張って、という言葉が溢れる手術直前の病室で真面目に「絶体絶命」という言葉を出す人も珍しい。私は可笑しくてしかたなかった。でも考えてみると、手術はできる人のほうが少なく、できてもすぐに再発する。五年生存率九％。たしかに絶体絶命である。それを踏まえたうえでなお、生還する。そういうことだ、と決意(?)を新たにし、彼らしい励ましに心から感謝した。

アメリカ映画『アポロ13』は一九九五年に制作され日本でもヒットしたスペクタクル映画である。主演トム・ハンクス、助演エド・ハリス。NASAのアポロ計画最大のドラマと言われるアポロ13号遭難と奇跡の生還を、実話に基づいて描いている。

初めてこの映画を見たのは劇場封切だったのか、レンタルビデオだったのか、記憶は定かでないが、この映画には大好きなシーンがあり、よくおぼえていた。それは、遭難の瞬間でも、生還の瞬間でもなく、生還に至るまでのディテイルの一つである。

遭難したアポロ13は、月面着陸の使命を捨て地球に生きて帰ることを最大の使命として飛行を続ける。しかし爆発事故のため司令船を乗り捨て、小さな月着陸船に乗り換えることになった。定員二人の月着陸船の空気清浄機は機能不足で三人の二酸化炭素排気を賄えず、クルーたちは生命の危機に瀕する。司令船の空気清浄機を月着陸船で使おうとするが、そのフィルターは司令船が四角で月着陸船が丸。そのときに首席管制官エド・ハリスが地上のNASA職員に命じる。「船内にある材料のみを使って、丸い穴を四角い栓で塞げ」。まるで小学生の工作のような、四角と丸のフィルターを繋ぐ管をつくる、というアナログ作業が始まる。試行錯誤の末、管は完成し船内で同様に管が組み立てられる。二酸化炭素量の針が、生存限界を越えようとする寸前、二酸化炭素がその管を通って排出される……。

私はなぜかこのシーンが好きで、夫に「あれ、面白かったよね」と言うと、変な顔をされた。もっと印象的なシーンがたくさんあったのに、と言われればその通りだ。失笑を誘うようなアナログな試行錯誤。でも観客の私は、このシーンですっかり管制官エド・ハリスを信頼し好きになっていた。決してあきらめずに、しかし楽観せずに次々と手を打ち続ける地上のハリスと、宇宙にいるトム・ハンクスの連携が生還の瞬間まで続いてゆく。

唐突だが、私は「集学的治療」とは、このシーンのようなことなのではないか？とあるとき思ったのだった。主治医のインフォームドコンセントで初めて耳にして気になっていたこの言葉は、国立がん研究センターのがん情報サービスによれば、

「がんの治療法としては、主に、手術治療、放射線治療、薬物療法などがありますが、これらを単独で行うのではなく、がんの種類や進行度に応じて、さまざまな治療法を組み合わせた治療を行う場合があります。これを集学的治療といいます」

という定義である。実際にがん患者となってみて「さまざまな治療法を組み合わせた治療」といっても、「A＋Bで行きましょう」というのんきなものでなく、「いま、すぐにAを。だめならBを」であったり、「A〜Dのうち、CDしか使えないからまずこれで」だったりする。しかも、二酸化炭素がだんだん増えてゆくように、がんの治療も時間との闘いであり、立ち止まって考える暇はない。治療法の選択肢の有無とそれを使うタイミング、患者の体力や希望、などで、その組み合わせの判断は無限にあるとも言える。

前節までに書いたように、膵臓がんでいえば、二〇〇六年のS‐1、二〇一三年のFFX、

二〇一四年のアブラキサン（II章2参照）の保険適用により、抗がん剤治療が初めて本格化している。この三剤の登場により、実現したのは抗がん剤単独の治療だけではない。化学療法をいつ行うか。手術前に行って、腫瘍を縮小させる。手術中や術後に行って再発を抑える。さらに放射線治療も術前や術後に組み合わせる、などの試行錯誤が治療現場では続けられている。

小寺泰弘医師（名古屋大学医学部附属病院消化器外科）は、こうした術前、術後の周術期の化学療法などを反映して改訂された『膵がん取扱い規約第七版』を特集した専門誌の編集後記に次のように記す。

昔の膵臓外科医は手術以外にはあまり興味を示さなかったように思う。薬がまったく効かないので、手術の腕（と運）以外では患者が救えないからだと聞いていた。（中略）その後数多くの臨床試験がなされ、FOLFIRINOX や nab-paclitaxel が登場し、わが国でもS-1が術後補助化学療法でとてつもない威力を発揮した。しかし、よく考えるとそのなかに目新しい薬剤は一つもない。ということはつまり、「膵がんに効く薬はない」というのはやはり間違いであり、努力がなされてこなかっただけという事実が明るみになったわけである。

今や膵がんの診療は新しい時代に入り、集学的治療という言葉は膵がんにこそ相応しい。
（『臨床外科』72巻(12)、二〇一七年一一月、医学書院）

これはまさに、四角と丸のフィルターを繋ぐ管をつくる＝すでにあるものを組み合わせてなんとか使うことで窮地を脱する、という事態ではないか。使えないと思っていたものが試したり、組み合わせたりすると使えることがわかる。新薬の開発と言っても、まったく新しい薬剤の開発だけが行われるのではない。

しかし、管ができてもそれで終わりではなく、そこから飛行は続いてゆく。そこには集学的治療をけん引し、的確な判断を下す管制官と、みずから飛行を続けようとする船長がいなければならない。

『アポロ13』を私は手術後に二回見た。一回目は下痢と痛みに苛まれていた入院中の病室で。生還する元気がほしい、というより痛みを忘れる時間を求めて見た。二度目は、先のようなことを考えるようになってから再度見た。

13号にいよいよ、最後にして最大の難関、大気圏突入の時がやってくる。管制センターでは、「遮熱板にひびがあり熱に耐えられない」「パラシュートが凍って開かない」「台風が来ている」などありとあらゆるネガティブ情報が飛び交い、史上最大の惨事、NASA最悪の汚点を危惧する空気が部屋を支配し始める。しかし、管制官エド・ハリスは言う。

「私は、史上最大の快挙になると思っている」

一方、船長のトム・ハンクスには、これまで彼が経験してきた九死に一生の経験とそこからの生還を反芻《はんすう》するシーンが挿入されている。

「海上で進路を見失い、不時着を覚悟したときに、暗闇に大型船の航路が光って見えた。それは暗闇だったからこそ見えた光だった」

私は、集学的治療において主治医は、数々の情報を捌《さば》き、取捨選択をし、決してあきらめない管制官なのだと思う。そして患者のほうも、治療で何が行われようとしているのか、患者にできることは何か、暗闇でなお目を凝らす努力が必要なのだと思う。だがそうはいっても患者にできることはあまりない。治療が滞らないよう体重を減らさない、とか、よく眠るとかしか私には思いつかなかった。

私の主治医、阪本良弘医師は、外科医が安全かつ根治性の高い手術を追求する責任をまっとうするためには病気の進行度、患者の年齢や併存症、手術侵襲などを考慮するバランスがきわめて重要だとしたうえで、次のように書いている。

進行肝胆膵癌の予後や最近の化学療法の進歩、また上皮内癌の存在などを考慮すると、バランスの取り方は次第に複雑になってきています。正解はひとつではありません。患者さんや家族と向き合って、その都度考えながら誠心誠意、治療を続けていくことが外科医に与えられた使命ではないでしょうか。

（『手術の流儀』序文、南江堂、二〇一七年）

ひとつではない正解を探して、医師が患者に向き合って考えてくれるのであれば、患者もまた「考える患者」にならなければ……、と私は思った。そして、「絶体絶命」の病気と向き合わざるを得ない生活を、「考える」ことこそが支えてくれると実感していった。

II

直面

——患者の声は届いているか

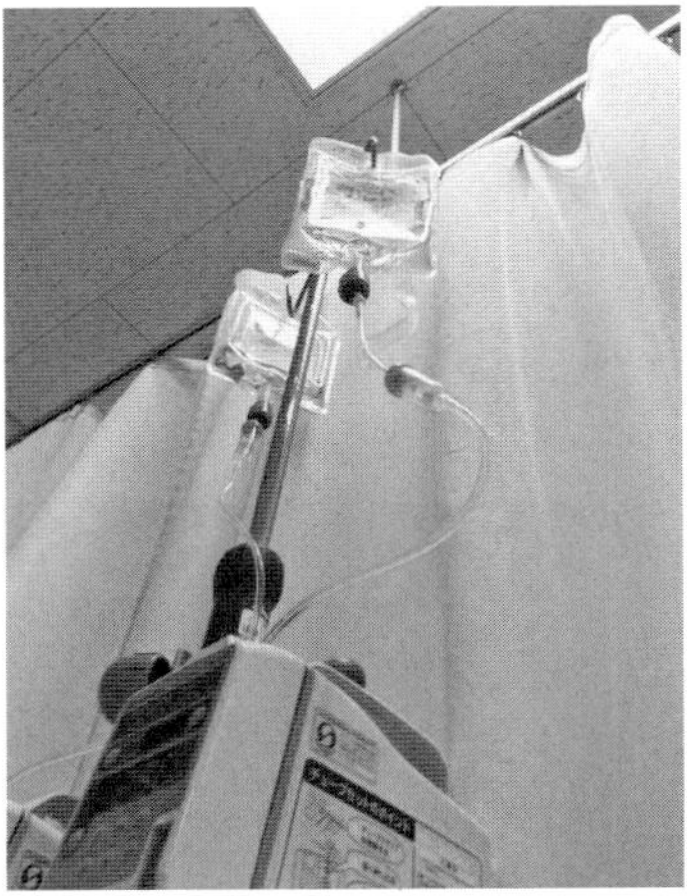

患者から見える点滴バッグ

1　抗がん剤への恐怖と感謝

点滴ポール　生き抜くという旗印

これは、三歳で筋ジストロフィーを発症し、三七歳の今、常時人工呼吸器と、点滴ポールにかけた経管栄養によって生きている岩崎航さんの詩集のタイトルである。

私は、まだがんになる前にこの印象的なタイトルの詩集を買って読んでいたのだが、化学療法室で点滴中に、ふいにこの言葉を思い出した。

膵臓がんに効く抗がん剤はいまのところ、三つしかない。そのふたつを使ってしまい、このとき点滴していたのは三つ目の薬。しかもすでに三か月の間、効果は出ていなかった。いつもはリクライニングシートで半ば起きて投薬しているのだが、その日は「だめなのかも」、と思って一八〇度のフラットに倒し、うとうとしていた。ふと目を上げると、点滴のバッグ(本章扉写真)が天井と私の間からまさに「旗印」のように私を見下ろしていたのだった。

「あ」、と思った。

私たちテレビ番組制作者は、点滴ポールや点滴バッグや点滴管のイメージカットを「医療ドキュメンタリー」や「医療ドラマ」で常用している。もっとも多用されるのは管の途中でぽたぽたと一滴ずつ落ちる〝しずく〟のアップカットではないか。私自身、そのカットを何度も撮影し、使ってきた。しかしそれは、ベッドサイドで立っている位置からの傍観者の映像なのだった。健康だった私は、岩崎さんの詩集を読んだときに、ベッドサイドの視線で、この言葉を受け取っていたに過ぎない。だが、たぶんそれでは「旗印」には見えなかったのだと思う。

常時命をつなぐ経管栄養のバッグが、ベッドに横たわった岩崎さんにとっての旗印であれば、「この薬が効かなければがんに負ける」という今の自分にとってその薬剤のバッグが「旗印」なのだった。そして二五のシートに一日五〇～六〇人が外来で投薬に訪れるこの化学療法室の皆が、それぞれの旗印をかかげているのだと、その日改めて気づいた。

化学療法が始まると、患者は毎回の投薬ごとに不安と願いの応酬に苛まれる。

――打てるか、打てないか

抗がん剤には、二週に一度、三週に一度などの決められた投薬スケジュールがある。がんの勢いを制御するには投薬スキップは避けたいが、白血球の減少や肝機能、腎機能の低下で打てない場合がある。打てない、となった日はすごすご帰宅するしかないが、とても悲しい。

――副作用が強いか、弱くて済むか

打てた場合、次に望むのは副作用がなるべく軽く済むことである。しかし、それは毎回一定しないし、回を重ねるごとに蓄積していく副作用もある。

――効くか、効かないか

当然のことだが、これが最大の願いであり不安である。慎重な臨床試験を経て標準治療となっている抗がん剤も、効くかどうかはやってみなければわからない。「インフルエンザにはタミフル」などの治療薬と違うところである。八〇%の人には効いているのに自分には効かない、ということもある。副作用だけがあって、効かないということもある。

化学療法室の点滴ポールの下に、患者は毎回こうした心の揺れを伴ってたどり着く。そして「効いてほしい」という願いを抱きながら、その下で何時間かを過ごす。「効いている」場合、その思いは大きな感謝となる。

しかし、「抗がん剤」というものを「旗印」と感じたり、「感謝する」日がくることはまったく予想していなかった。「抗がん剤」は怖かったし、できれば「やりたくない」存在だった。

「抗がん剤が怖い」というのは私だけなのか？　怖いですか怖くないですか？　という調査は無いかもしれないが、実は多くの人がいまだに恐怖を抱いているのではないか？　私が怖かったのは次の理由による。

(1) 一般的に流布されているイメージ

最初に思い浮かぶイメージは「嘔吐」。

患者の経験を振り返る新聞記事や、闘病記などの文章で思い出す文言は「死にたいほどつらい」「窓から飛び降りたくなるほどつらい」。

今では制吐剤などの「支持療法」が進み、副作用は大幅に軽減されている、と患者は聞かされる。しかし、日常流布されるイメージはそれを打ち砕く。私は術後、すぐに目にしてしまったテレビで、小児がんと闘うドキュメンタリーを垣間見た。CM前のカットは「そのとき○○ちゃんを激しい副作用が襲う‼」と大きなテロップ。そのままCMへなだれ込む。人の苦しみが見たいのか？ それを見たいとCM明けを待つのか？ やめてよ、とテレビを消した。マスコミの責任は重い。

また著名人が抗がん剤を拒否したという情報も数多い。入院中、どこかのベッドから「私はぜったい抗がん剤をやらない。○○さんも拒否していた。絶対にいや」と医師に話す声が聞こえたこともある。

抗がん剤の効果よりも、副作用の象徴である嘔吐の苦しいイメージが先行するところにこの薬の特徴がある。

(2)「近藤誠ショック」の継続

一九九六年に出版された、近藤誠医師による『患者よ、がんと闘うな』(文藝春秋)は、そのインパクト大のタイトルもあって、社会に大きな旋風を巻き起こした。宣伝文句には「がん治療の常識を破った革命の書」とある。近藤氏は、抗がん剤は固形がんには「効かない」、手術も無駄、と当時のがん医療を切って捨て、今日もその主張を基本的には変えずに定期的に著作を発表し続けている。

私にとって特に印象的だったのは、八〇年代にがんとの闘いを死ぬまで発信し続けたジャーナリスト千葉敦子氏の闘病を、「錯覚に基づいた治療であり、無効だった」と一刀両断にしたことである。

千葉氏は、私たち雇用機会均等法前世代にとって、がん患者としてではなくフリーの立場で国際的に活躍するジャーナリストとして、当時の言葉で言えば「キャリアウーマン」の象徴のような人だった。乳がん罹患《りかん》後は、最先端の医療を求めてニューヨークに渡り、その闘病を『乳ガンなんかに敗けられない』『よく死ぬことは、よく生きることだ』(ともに文藝春秋)という著作でたてつづけに発表、さらに「『死への準備』日記」を筑紫哲也編集長時代の『朝日ジャーナル』に連載し、亡くなる数日前まで執筆していた。私は、就職口のなかなかないぼーっとした文学部学生のころから、ようやく就職してサラリーマンディレクターとして働き始めたころにかけて、千葉氏の闘病を同時進行で息をつめて読んでいた。彼女が仕事や人生を選択してきたように、がん治療においてもニューヨークの主治医たちと話し合い、納得して治療法を自律的に選択する、という姿は、がん告知さえまだ行われていなかった当時の日本の私たち常人にはできない雲の上の「偉業」だった。

近藤医師は、『患者よ、がんと闘うな』の第一章「抗がん剤は効かない」で千葉氏の闘病を検証し、その治療選択の根拠が「錯覚」であり、選んだ抗がん剤は「無効」と断じた。さらに「抗がん剤治療によって数カ月の延命効果を得た可能性がありますが、そのかわり七カ月にわたって副作用に苦しんだのですから、それではせいぜい苦しむ期間分だけの延命、ということになりはしないでしょうか」と書いた。そして、海外の著名論文を参照しながら「諸々のがんの九〇パーセントに抗がん剤は無意味である」と結論づけている。

近藤理論が正しいかどうか、私には判定する力がない。しかし手術も抗がん剤治療も受けなければ二年前に膵臓がんにかかった私は、今、生きていないはずだから、今の時代に近藤理論がそのまま当てはまるとは到底思えない。それでも、千葉氏の闘いを「がんではなく抗がん剤の副作用と闘っただけ」と印象づけるこの著作は、その後の日本社会に「抗がん剤への不信感」を広める効果は大きく、今日でもその影響は消えていないと言えるだろう。

私は最初の手術後に、再発予防のために「TS-1」という経口の抗がん剤を九か月にわたって飲んだ。このTS-1は5FUという抗がん剤の効能が長く続くようにし、かつ吸収しやすいように改良した経口摂取薬である。これを毎日朝晩四週間飲み続け、二週休む。合計六週間を一クールとし、四クール、つまり二四週間行うのが、現在の膵臓がんの切除手術後における「補助化学療法」としての標準治療である。

ジャーナリストの立花隆氏が近藤誠氏に抗がん剤の毒性について取材したさい「抗がん剤の恐さを知るには、これを見るのがいちばんです」と紹介されたのがこの5FUである。立花氏は5FUの医師向け添付文書を見て、用法を間違えれば「致命的な経過をたどる」と書く「真っ赤な警告文」に注目する。そして重大な副作用が一六項目も並んでいるのを読み「読んだだけで、こんな薬物絶対に服用したくないと思います」と書いている。さらに、この5FUがRNA破壊を原理としていることから、立花氏はRNA研究の日本の第一人者志村令郎氏を取材し、研究用試料として5FUを使用していた志村氏のこんな言葉を紹介している。「あれはとんでもない毒です。全身のＲＮＡがズタズタにされるんですからあれほどひどい毒はない。僕だったら、がんになっても絶対に飲みません」（立花隆『がん　生と死の謎に挑む』文藝春秋、二〇一〇年）。

こういう情報は、じっさいに薬を自分の体内に入れようとしている患者としては、緊張するに十分な、というか震え上がるに十分な情報なのである。

(3)化学物質、および金属という毒への恐怖

そもそも抗がん剤は、化学兵器の事故から発想されたもので、猛毒の化学物質なのである。化学者ジョン・マンによれば、マスタードガスは第一次大戦中の一九一七年七月一二〜一三日にかけてベルギーのイープルにおけるドイツ軍の連合軍攻撃において初めて使用され、七月の終わりまでに一万五〇〇〇人の犠牲者を出した。さらに終戦までのマスタードガスによる犠牲者は一二万五〇〇〇人であり、連合軍全体の死傷者の七五％がマスタードガスによるものだとしている。だが、この強烈な化学兵器の攻撃を生き延びた人の中に、骨髄の細胞が特異的に破壊されている人がいることに一九一九年にある病理学者が気づく。その後、第二次大戦中の連

合軍のマスタードガス爆発事故を経て、イエール大学の研究者が「白血球の大幅な減少」から、悪性の白血球つまり、白血病のがん細胞だけを選択的に攻撃する化学物質として抗がん剤を開発してゆく。さらに、一九六〇年代にはミシガン州立大学の研究によって、金属イオンが抗がん作用を持つことが発想される。この研究によって白金系のシスプラチンが開発されてゆく。プラチンとはプラチナである。

化学兵器という出生秘話に加え、金属系の物質を体内に入れるということもまた、恐怖の理由となる。私たちは高度成長期の小学生時代に、その裏面の歴史である四大公害病を教えられて育ってきた。体内に水銀が蓄積することによる水俣病、カドミウムの蓄積によるイタイイタイ病が、どれほど人を苦しめ、命を奪ったか。どうしてもそれを思い出してしまうのだった。だが化学物質を用いる薬による「化学療法」の開発史は、人体の細胞を壊さずに細菌やウイルスを選択的に攻撃して破壊するという苦闘の歴史である。ジョン・マンは書く。

薬物は癌細胞、感染した細胞に働くだけではなく、正常な細胞にも作用を及ぼします。望まれるのは、正常な細胞に何の作用も及ぼさずに、癌細胞、感染した細胞だけを殺す「魔法の弾丸」です。

（『特効薬はこうして生まれた――〝魔法の弾丸〟をもとめて』竹内敬人訳、青土社、二〇〇二年）

その歴史のなかで、菌を殺すペニシリンやストレプトマイシン、ウイルスを殺す数々の薬が創られてきた。私の母は一九四五年に旧満州から朝鮮半島を歩いて命がけで引き揚げたのち、一九五〇年代に結核で生死の境を経験しているが、ぎりぎりのところで特効薬に命を救われた。その薬がなければ私は生まれていない。

現在のがんへの化学療法は、がん細胞だけでなく、増殖のスピードが速い骨髄や、胃腸の粘膜、頭髪の毛根などにも作用するため、「選択的に働く」という〝魔法度〟に問題を残している。しかし、人体の生命を奪わずに、特定の細胞だけを攻撃するという人類の挑戦に納得して賭けるしかない。

私はＴＳ-１の一クール目が終わる晩夏、無農薬野菜をたくさん送ってくれた友人の浅井靖子さんにこんなメールを送っている。

いま、モロヘイヤを茹でました。葉っぱをちぎると、虫食いがあったり黄色いかわいい花がついていたりして、大げさだけど生命を感じます。

窓の外では秋の虫と、この夏最後のツクツク法師が鳴いていて、この時間がとても大切なものに思えます。

私の生物としての身体や心は、モロヘイヤやツクツク法師と共に生きていきたいのだけれどいまは究極の化学物質である抗ガン剤に頼らねばなりません。でもそれもまた、人間の叡智なのだと思って頑張ろうと思います。

「猛毒なんだって、怖いわね」でなく、「猛毒ですが、それが何か問題でも？」というところから化学療法は始まるのだと、けっこう長い時間をかけて私は納得していったのだった。

2　毒と副作用を引き受ける

「猛毒ですが何か？」と啖呵《たんか》を切ったものの、化学療法という治療法には「覚悟がいる」と私は思う。治療の目的を明確にしてそれに納得する、効果が出ても出なくても受け止める、ということとセットでなおかつ副作用という苦痛を引き受けなければならない。私はほぼ休みなく二年間、化学療法による治療を継続しているが、もっと長い人も多くいる。大変なことだと思う。

二年間で正直かなり疲れてきて、もう一度納得するために私は言葉を探した。以下に紹介するのは、国立がん研究センターの朴成和医師が、二〇一七年八月、キャンサーネットジャパンという団体が開いた、大腸がん患者のための講演会で語った内容である。

朴医師は、菌を殺す抗生剤とがんを殺す抗がん剤は両方とも化学療法だが、抗生物質はほぼ効いてほとんど副作用はなく、抗がん剤はほぼ一〇〇%副作用が起こってしかもあまり効かない、と話したうえで言う。

……(抗生剤と抗がん剤は)ぜんぜん違う。なぜかというと、正常細胞とがんの違いはわずかであり、基本的な構造はほとんど同じであると思ってください。遺伝子の違いからみると、親よりも自分にできたがん細胞のほうが自分に近いともいえます。乱暴な言い方かもしれませんが、親よりも近いものを殺して自分だけぴんぴんして生きていこうということ自体が無理な話で、その意味において抗がん剤治療は非常に難しい課題に取り組んでいます。
基本的には、抗がん剤は毒なんです。ただしがんに合わせて設計されているので、がんのダメージのほうが体の受けるダメージよりも大きいことを狙って作られています。そのマイナスとマイナスを比べてその差の分だけ得をする、というのが基本的な考え方なんですね。

では、何を目的として使うのか？　朴医師は抗がん剤には三つのPがあるという。
症状緩和　palliative symptom
症状出現の先送り　prevent symptom
生存期間の延長　prolong survival
抗がん剤の「有効性」をいう時に重視されるのが「生存期間の延長」である。新薬開発の際にはランダム化比較試験において「生存期間中央値」の延長が最も重視される。例えば一九九九年に一二か月であった大腸がんの「生存期間中央値」は最新データでは三三か月に延びている。

だが、これに次ぐ大切なことは、「症状出現の先送り」である。抗がん剤ががんによる症状、痛み、ものが食べられない、腹水、などの症状の出現を抑えていることで、副作用はあるにしてもＱＯＬ(quality of life　生活の質)を保つことができる。

朴医師は「これはひとつの薬剤の手柄でなく医学の総合的な進歩の賜物であり、すべての抗がん剤を使い切ること、そして後遺症を残さない副作用対策が大切。メリットとデメリットを聞いて、納得する選択を」と会場で語っている。

以上を勉強したうえで、私の二年間の副作用との付き合いを振り返ってみる。

《一回目　二〇一六年八月～二〇一七年五月　薬剤ＴＳ-１　目的：再発の予防》

ＴＳ-１とはテガフール・ギメラシル・オテラシルカリウム配合剤の商品名で、代謝拮抗薬とよばれるものの一つである。ＲＮＡを破壊する５ＦＵの効果を持続的にし、かつ副作用を抑えるように開発された。Ｉ章でも触れたように、当初胃がんの再発予防や、再発乳がんの治療に使われていた経口摂取薬であるが、日本での臨床試験により膵臓がん予防に大きな効果があることが実証され、二〇一三年から、術後の再発予防抗がん剤の標準治療となっている。

私は、二〇一六年六月の膵頭十二指腸切除手術ののち、八月からこの「TS-1」の経口摂取を開始した。朝夕食後各一〇〇ミリグラムを四週間毎日飲み、二週間休薬する。ふれこみは「もっとも副作用が軽い」ということであった。しかし、術後の激しい下痢が続いている状態での投薬は、さらなる胃腸症状を引き起こし、下痢の悪化、胃の膨満感がすぐに始まった。体重も減り続けたため第二クールから八〇ミリグラムに減薬、しかし第三クール途中で何も食べられなくなり、脱水症状で緊急入院となった。体重は三八キロ(健康時五五キロ)まで落ちていた。

しかし、これは珍しいことではないらしい。患者ブログや患者会の経験談を見ると私と同じような経験をした人も多くいる。患者の負担が最大級と言われる膵頭十二指腸切除の術後に直接胃腸を通過するこの経口摂取薬は、私には決して「副作用が軽い」というものではなかった。

私は入院して二四時間点滴を受け、退院。主治医は三クールで終了という提案もしてくれたが、なんとか体力を取り戻し、その後は八〇ミリグラムで標準治療の四クールを終えた。胃腸の副作用は続いていたが、さらに六〇ミリグラムに減薬したうえで自分から希望してクールを延長、翌年五月まで飲み続けたが、再発のため終了することとなった。

胃腸症状と同時につらかったのは、倦怠感である。毎日鎧を一枚ずつ追加されていくように、日数を経るごとに体が重くこわばり、重苦しさが増していった。四週間連続摂取という投与方法も思いのほか辛かった。四週終えて二八日目がいちばん蓄積して辛いため、五週目の休薬期間も継続して辛い。六週目の半ばあたりでなんとか体調が回復するのだが、休薬期間まで辛いというのは精神的にも堪えた。

では目的は達せられたのかと言えば、再発したため医学的には「failure＝失敗」であった。だが、なんとか術後の体力の減退から立ち直る時間を、副作用との闘いの中でもらえたのではないか、と今では思う。

《二回目その一　二〇一七年五月～七月　薬剤アブラキサン＋ジェムザール　目的：転移巣制御し再手術》

ジェムザールはDNA合成を阻害する代謝拮抗剤で、長らく膵臓がん治療薬のキードラッグであった。これに乳がん治療薬として使われてきた(二〇〇五年アメリカで承認)アブラキサンを膵がん治療薬として併用する臨床試験が二〇一二年に行われ、二〇一三年にその効果が発表された。アブラキサンは、人血清アルブミンにパクリタキセルを結合させナノ粒子化したパクリタキセル製剤である。海外での臨床試験の結果を受けて、日本では二〇一四年に切除不能膵がんの標準治療薬として承認された。アブラキサン一二五mg/m^2とジェムザール一〇〇〇mg/m^2を一日目、八日目、一五日目と、週に一回の投与を三週つづけ四週目は休むという、二八日を一クールとし繰り返す方法が標準とされる。

私は二〇一七年五月に肝臓への転移が見つかり、この治療に入った。目標は転移巣の制御。後述するように、転移が肝臓一個だけの単発であったため、もし抗がん剤が効いて一個にとどまれば再手術をめざす(ただしこれは標準治療ではないので治療のエビデンスはない)ということになった。もしうまくいけば再手術が可能かもしれない。私は大きな意欲を持って、新しい抗がん剤治療に入っていった。

それまでの経口摂取でなく、点滴であるため、治療は外科から内科に移った。一日目は入院。白血球をはじめとする骨髄抑制やアレルギーの出現などを慎重に見極めるために、八日目まで入院し、さまざまなデータをとった。

まず驚いたのは初回投与の際に看護師がベッドのわきで防護服を身に着け始めたことだった。通常の看護師の服の上から、全身の防護服、目を保護するグラス、手袋など。大げさにいえば原発事故後の除染作業用の防護服のようであり、「毒」を実感させるものだった。また、投与四八時間後まではトイレを二回流すように、とも言われた。家族や公共の場所での第三者の被曝を避けるためである。

もうひとつ驚いたのは化学療法室での、投与中のサポートである。私は膵臓がんになって一年余り経って初めて外来化学療法室に足を踏み入れた。そこはベッドやリクライニングの椅子が二五ブース並ぶ大きな部屋で、投与を受ける患者が入れ替わり立ち替わり現れ、看護師や医師がいそがしく各ブースを動き回っていた。入り口にはがんセンターやウィッグのパンフレットやがん患者向けのレシピ集(私はひとりで探しまわってネットで見つけたがここに来れば情報も現物もあったのだ……)が多数並べられており、病院らしからぬ(?)活気が全体にある。

外来での投与初回から副作用のしびれ軽減のため、アブラキサンの投与時はアイスノンが運ばれて手を冷やしてもらうことができ、ジェムザールの投与時は血管痛の軽減のため今度は点滴の針の周りを温めるための保温材が運ばれた。

それだけではない。副作用で爪が割れたり、反り返って痛みを感じたりするのを予防するため、保湿剤の入ったさまざまな色のマニキュアが市販されている。そのテスターも看護師が運んできてくれた。そもそも薬剤が切り替わるたびに患者名のチェックと薬剤のダブルチェック（必ず二名の看護師で確認する）が行われる。そのうえに、こうした支持療法も担っている。だから看護師さんたちは猛烈に忙しい。

この治療の副作用でもっとも大きかったのは「脱毛」だった。投与の二週後あたりから、はっきりとぬけ始めた。よく、闘病記には「脱毛の精神的な打撃」が書いてある。だが私は痛くない副作用ならいいや、と思った。もともと髪型や化粧にあまり手間暇をかけてこなかったずぼらさもあるし、抗がん剤をしなくても禿げている人もいるし、剃髪している人もいるではないか。

最近乳がんの治療を終えたばかりの友人に、「抜ける間、髪の毛の処理が鬱陶《うっとう》しい。粘着テープ（いわゆるコロコロ）と、不織布のヘッドキャップ（就寝時の抜け毛の散乱を防ぐ）が必須」と聞き、一〇〇円ショップでそれらを買いそろえた。また評判のいいウィッグショップを聞き、人工毛と人毛の混合でセミオーダーのウィッグもつくった。ウィッグ業界はすごいことになっていて、選択肢が非常に多い。値段は数千円からあるが、フルオーダーの人毛一〇〇%だと五〇万円以上する。

私は、一つは通気性のいいきちんとしたものが欲しかったので中間価格帯の人毛・人工毛混合セミオーダーとした。「髪が抜けることよりも、それがもとで外出ができにくくなったり、友人と会うのがおっくうになったり、社会性が失われることのほうが問題だからウィッグはきちんと作れ」。これは一〇年前に乳がんになり、まったく同型のウィッグを二つ作ってメンテナンスしながら仕事を休まず、親しい人にしか病気を明かさずに闘病し、寛解した先輩のアドバイスだった。

こうして準備を整え、「さあ早く抜けてしまえ」とか、全部抜けたら「瀬戸内寂聴さんでーす」と言って友だちに見せようとか気分を盛り上げていたのだが、実際には少しずつしか抜けない。頭頂部は抜けているが、うなじや耳の周りは残っている。ウィッグの店の人からは、引っ張ったり皮膚を刺激したりしてはいけない、と言われていたが、我慢できず少し引っ張って抜いてみたりする。

しかしそうこうするうちに、この治療は二か月であっという間に終わりを迎えた。二か月後のCTで転移巣は「増大」の判定となり、薬剤の変更を余儀なくされたのである。また副作用の骨髄抑制が強く、白血球のなかでももっとも免疫に重要な好中球が、低い時には六〇〇まで低下し、一〇〇〇以上という基準を大幅に下回ったため三週連続投与ができず、当初の投与予定の半分程度しか投与できていなかった。このままでは、定期的な投与もままならず、転移巣の増大を加速させる危険もある、という判断だった。効果がない、ということに大きなショックを受けたが、化学療法によってこれほど大きく白血球や好中球が減少する、ということもショックだった。薬剤を変更しても同じように骨髄が耐えられないのではないか？　という不安が募った。

寂聴さんのような美しいスキンヘッドになることもなく、フランシスコ・ザビエル状のうなじの毛髪を残して、次の治療へと移ることになった。

《二回目その二　二〇一七年七月〜一一月　薬剤 mFOLFIRINOX（mFFX）　目的：転移巣制御し再手術》

もたもたしていると転移巣が増大し、ほかにも転移するかもしれない。そうなると再手術はむずかしい。膵臓がんに効く化学療法は三つしかないが、その三つ目にかけるしかなかった。

Ⅰ章で詳述したmFFXである。オキサリプラチン、ロイコボリン、イリノテカン、5FUの四剤を三日間かけて投与する。それだけでなく、制吐剤のプロイメンド、デカドロン、アロキシの三剤をまず投与、イリノテカンの副作用防止のためアトロピンも投与される。このため、Ⅰ章の図1のような多剤投与となり、病院で約五時間、インフューザーポンプによる四六時間を合計し、五〇時間以上の投与が二週に一回、となった。

これだけの〝薬のカクテル〟なので、〝副作用のデパート〟が出現する。クールによって少しずつ出方が違ったが、私の場合はだいたい次のようなものだった。

Day1　オキサリプラチン投与中にのどの渇き。

イリノテカン投与後に呂律が回らない。特にラリルレロが言えなくなり、化学療法室退出時に「ありがとうございました」が言えない。

指先、足先に知覚過敏。生ぬるい水道水が、雪解け水かと思うほど冷たい。冬は外の風に当たるだけで指先がシューシューする。厳冬期には靴の裏を通して足裏に冷感が伝わった。
冷たい飲みものやアイスクリームは口がしびれて食べられない。
（知覚過敏は当初三日間ほどでおさまったが、クールを重ねると回復しなくなった）
Day 2　起床時に弱い吐き気。軽い倦怠感が始まる。
Day 3　倦怠感が少し増すがまだ動ける。制吐剤のためか便秘がち。食欲減退。
Day 4〜7　倦怠感が増し、ひどい時は一日中寝ている。
お腹（胃）が内側から張るような感じがあり、あまり食べられない。
知覚過敏はだんだん治まるが、冷蔵庫から出した冷たい野菜や肉が持てないため料理に不自由する。なるべく常温に戻しておく。
Day 8〜10　イリノテカンの副作用で遅発性の下痢、腹痛。
Day 11〜14　次第にすべてが回復。身体の重苦しさが起床時になくなってくる。食欲を回復。

優れた制吐剤の開発のおかげで、私は一度も嘔吐していない。これには感謝するしかない。
しかし軽い吐き気、便秘、下痢、腹痛が連続して波のように押し寄せ、全体として倦怠感がある約一〇日間は、食欲も意欲も低下する。最後の約四日間で普通の自分を取り戻し、なんとか動きが回復する。友人たちにはこのサイクルを伝えて、外出や会合をこの四日間に集中させてもらっている。体重減少で体力を落としたくないので、この期間はとにかくおいしいものを食べまくる、という努力に家族、友人をつきあわせることになる。近い場所なら旅行にも行くことができた。上げ膳据え膳で食事をつくってもらえる小旅行は、体力回復のためにも非常にうれしいものだった。

崖っぷちの覚悟で始めたこのｍＦＦＸは、幸い効果があり八クール行ったところで、二〇一七年一二月に再手術を受けることができた。効果が現れ始めた九月以降、副作用はあったが、精神的には非常に元気になり、治療を乗り切ることができた。やはり効果があると無いでは、副作用に対する忍耐の度合いがまったく違うことを痛感した。

《その三　二〇一八年二月～現在　薬剤ｍＦＦＸ　目的：多発転移の制御、延命》

二〇一七年一二月に念願の再手術をしてもらうことができ、手術は成功した。しかし二〇一八年二月、肝臓とリンパ節への多発転移がわかった。衝撃は大きかったが再度、ｍＦＦＸの治療に戻るしかなかった。しかも、術前に効いていたものが、術後効くという保証はない。

術前に八クール、現在までに術後一二クールを行った。このため、当初あまりなかった指先足先のしびれが恒常化している。正座して立ち上がれないときのしびれほどではないが、その寸前くらいのジンワリしびれている感じ。またものを冷たく感じる知覚過敏も、あまり回復しなくなっている。

一番の困難は味覚障害である。術後、通算で一〇クールを越えたあたりから、舌先がぴりぴりし始めたなあ、と思っていたら、だんだん食べるものがおいしくなくなってきた。特に投薬二～三日目。いまでは投薬一〇日目くらいまで、あまりおいしくない。

一つには味。薄味、微妙な味を感じない。お茶も煎茶、麦茶、普通の紅茶は味がせずまずく感じる。強い塩味、甘味、酸っぱいもの、辛いものは食べられる。

もう一つは食感。ご飯がポソポソで食べられない。ルー状のもったりしたカレーやハヤシライスは味がしない泥のよう。砂のようなご飯に泥のようなハヤシルー、と主治医に言ったらものすごく驚かれてしまった。たしかに砂も泥も食べたことは無い。私は話が大げさだ。しかし、気分はそんな感じ。食パンもダメ。だがかたいフランスパンは食べられるし、しっとりしたドーナツも大丈夫。お米の代わりはお餅にし、毎朝お雑煮を食べることにした。しかし太いうどんはだめだった。どうも食べるものの微妙な湿り気や形状に、舌が反応したりしなかったりしているようだ。

いったい自分の味覚はどうなってしまったのか？　悩んでも仕方がないので、とにかく食べられるものを探すことにした。「パンがなければお菓子を食べればいいのに」と言ったマリー・アントワネットのように……。砂とか泥とか言っている私を案じて、友人たちはとにかく食べられそうなものを言え、と連絡をくれた。言葉に甘えて次のリストをメールした。

酸っぱいもの……酸辣湯、冷やし中華
トマト味……ミートソース、チキンライス
オレンジ味……ゼリー、ジュース
香ばしいもの……長崎皿うどん(細くて硬い麺)、よく焼いた焼鳥、チキンカツ
ソース味……焼きそば、お好み焼き
サラサラスープ系……クッパ、スープカレー、タイカレー

塩味……せんべい、フライドポテト

するど翌日、「チキンカツと焼き鳥以外は調達できた」というメッセージとともに、段ボールに入った食品が被災地支援のように送られてきた。感謝するしかなかった。私はものすごく辛いタイカレーで唇がしびれると、砂糖がジャリジャリいうようなドーナツでそれをしずめ、オレンジジュースを飲んで唾液を増やしてから皿うどんを食べる、などめちゃくちゃな食生活を始めたが、なんとかそれで栄養を確保できていると思う。サラサラスープでも、友人たちが栄養のためにと送ってくれた有名ホテルの缶入りスープや高級料亭のお茶漬けなどは軒並みダメ、安いもののほうが食べられた。滋味深いものがだめなのか定かでないが、味覚は恐ろしく不思議なものであり、またそれを狂わせる薬もやはり怖いものであると思う。

以上が私の副作用一覧である。副作用には個人差があり、私自身についてもその時の体調や睡眠時間、食べたもの、精神の状態などで出方が違う。だから、おなじ病気の患者の方にそのままあてはまるわけではない。ましてや、食べられる食品のリストまで要らないとも思われるだろう。しかし、そのディテイルや個人差も含めて、具体的な副作用の情報をもっと集積して役立てることはできないのか？　これほど多くの人が副作用と対峙しているのだから。

私がそのように思ったのは、二〇〇八年、八年にわたって大腸がんと闘い、亡くなった物理学者戸塚洋二氏の残した文章を読んだからである。

戸塚洋二教授は、世界で初めて素粒子ニュートリノに質量があることを発見した物理学者で、闘病当時「ノーベル賞に最も近かった男」と言われていた。二〇〇〇年に大腸がんを発症。二〇〇八年まで闘病しながら、岐阜県のスーパーカミオカンデで研究を続けた。戸塚氏は科学者らしく、自分の闘病データを詳細に記録、分析し、どのように闘うかを考え続けた。血液検査や腫瘍マーカーだけでなくＣＴ画像に映る腫瘍のサイズを自ら測り、投薬、副作用、腫瘍のサイズに現れる薬の効果などを独自に分析した。戸塚氏は、患者が一番知りたいこと――抗がん剤の効果や、限界のタイミング、副作用、苦痛の程度、がんの進行スピードなどは、主治医には答えられないか答えたくないことであり、ネット上に膨大な体験談があるものの自分に有用な情報には検索でたどり着けない、として次のように言っている。

われわれにとって本当に必要なのは、しっかりと整理され検索が体系的にできる「患者さんの体験」なのです。

当然ですが、これらの整理された体験談は例数が増えるにしたがって学術的にも貴重なデータになることは間違いありません。(中略)

そのように整理された体験談があれば、検索によってその記録を見つけ、私にとって大変参考になる情報なら「自己責任」でもってそれを利用すればよいのです。(中略)

このためには、どうしてもがん患者が記録を残さなくてはなりません。

(『がんと闘った科学者の記録』文春文庫、二〇一一年)

戸塚氏は、一例として科学者が研究を行うときに必ずつけるログブックを挙げ、科学者でない一般の人がつけやすいようにフォーマットを考える、あるいは抗がん剤を投与する際に記録用に渡される小冊子を回収し、整理してデータベース化することを提案している。

実際、私は、戸塚氏が書いていた、空腹時のほうが、気持ち悪い、「食べた後のほうが、気持ち悪さがなくなる。これも胃内の分泌物を取り去る効果かもしれない」という記述を読んで、空腹時に気持ち悪くてもなんとか食べるようにした。そのほうが確かによかった。

戸塚氏の友人である元・国立がんセンター総長の垣添忠生氏はこの本の解説で、

「どういう治療を受けて、その結果どうなったのか、種類別にどのがんがどれくらいあるのか、ステージ別ならどうかといったデータが、じつは日本では正確に把握されていません」

「現実は戸塚さんの思い描いた、がんのデータベースのかなり手前で足踏みしている状態かもしれません」

と述べている。

その後、がん登録が開始され、ビッグデータの蓄積、整理は重要かつ大きな可能性をはらむ時代となっている。後述するように、がん治療にゲノムを用いる時代が到来し、患者の遺伝子データの集積が喫緊の課題となっているが、一方で、戸塚氏の言う「患者が本当に知りたいこと」を知るための患者体験データベースの必要性は、なくなっていないと思う。

徹底的に副作用を引き受け、命がけで自分のデータを残そうとした戸塚洋二氏のような生き方がある一方で、まったく違う選択をした人もいる。堀越千秋氏はスペイン在住の画家、かつカンテ（フラメンコの唄）の名手で、ANA機内誌の表紙でも知られる。私は飛行機に乗るたびに堀越氏のダイナミックな筆使いと猛烈に明るい色のエネルギッシュな表紙を見るのを楽しみにしていた。堀越氏は二〇一六年に肺がんを発症。その後、次のような言葉を残し、半年後に亡くなっている。

　生とは？　死とは？　シーン。「分かりません」のない苛酷な問いだ。（中略）
　怖いからお医者様にすがると、抗ガン剤をくれた。一錠飲んでみると大変！　一瞬にして総毛立ち、心身はあの世とこの世を往来して、生きてるのか死んでるのか分からない。これは俺の「生」じゃない。じゃ誰のだ？　分からない。ゲロゲロ。すぐ止めた！　先生すみません、明日死んでもいいから、今日楽しようと決めました。ルンルン。あれ？　今までの俺のやり方と同じだ（笑）。閻魔様が怒ってるよ。「早くしろ！」って、うるさい、これは俺の命だ。
（『美を見て死ね』A&F、二〇一七年）

この文章は、闘病を記したものではなく週刊誌に連載していた美術評論の一節である。堀越氏はその知性や博覧強記を一貫して含羞《がんしゅう》で覆い、偽悪的にこの連載を書いている。堀越氏が病気とどのように向き合い、現実にはどのように治療したのかは知る由がない。私は堀越氏の美術評論が読みたくて連載をまとめたこの本を読んだが、たった一か所だけ自らの病について書いた彼の言葉はとても印象に残った。抗がん剤の苦しさの最大のものは、「これは俺の『生』じゃない」と言いたくなる、自分が自分でなくなる感覚ではないか?

私自身、この二年間もっとも辛いのは「倦怠感」「重苦しさ」「身の置き所の無さ」など、どう言っていいかわからない、その感覚であった。やる気が失われる。お米をとがなきゃ、とか洗濯物を取り込まなきゃ、といったなんでもない家事を、なかなかはじめられない。気がつくと一時間くらい平気で経っている。本も読みたくない、メールも打てない。スイッチがはいらなくなったポンコツとして、日々の夕暮れを迎える。その程度や日数、効果の実感などにもよるが、自分が自分でなくなる感覚は、避けられない。だから、治療をしないことや、時にいかがわしいと言われる代替療法に走りたくなる気持ちをまったく否定することはできない。

投薬間隔三週間。一四日間のうち、自分を取り戻せるのはよくて最後の四~五日だ。この原稿もその間に大焦りで書いている。だが、自分がポンコツであっても家族や友人と過ごせる時間はまだ延ばせるから、私は毒と副作用を引き受ける。化学療法は、そのようなものだと思う。

3　何を食べたらいいのか――食べることは生きること

「なんといっても銀シャリと肉！　野菜はそのあとでいい」
「寝る前にカップ焼きそばを食べるくらいカロリーを摂れ」
「消化剤は食後でなく、食事中に食べるように飲め」

これは膵臓がん患者に向けた、食べることに関するアドバイスである。

抗がん剤副作用の脱水症状から立ち直り、ようやく食欲と体力が戻り始めた二〇一七年四月。東京築地の公民館に響き渡る、ちょっと関西弁の元気な原なぎさ栄養士と岸和田昌之医師の思い切った言葉の数々に、私はそういうことか、とすっかり元気づけられた。この日は、患者支援団体パンキャンジャパンが東京に三重大学の医師と栄養士を招き、東京で初めて開いた「すい臓癌のための料理実習・栄養講座」だった。膵臓がん患者と家族が全員三角巾とエプロンをつけて、調理実習に臨んでいた。

「甘味、苦み、酸味」についての味覚障害の実験から始まり、調理実習とその解説。メニューは「豚肉団子の甘酢あん、かぼちゃと煮豆のサラダアマニ和え、グリーンピースのポタージュ、白ごはん、フルーツゼリー」だった。

具体的にどんな材料でどのように作りやすく、食べやすく、するかという調理そのもののアドバイスもありがたかったが、私はその「考え方」がわかったことで元気になっていた。

何をどのように食べたらいいのか？　それは、がんという病気になってからずっと「人生最大の課題」になっていたからだった。


二〇一六年六月の膵頭十二指腸切除の後、お腹中の内臓をあちこちつないでいるためか、食べると食物の通る動きで激しい腹痛がした。そこで、食べる前に痛み止めを飲むことにしたが、そのことでますますお腹が荒れてしまったか、食べられない。Ⅰ章で書いたような腸に直接管を入れて高栄養液を流し込む「腸瘻《ちょうろう》」が始まると、それが消化されずにそのまま出てくるような下痢。腸瘻の管が外れて口から食べられるようになっても、下痢をしそうで食べられない。続く補助化学療法の抗がん剤副作用。お腹に膨満感、やがて下痢。口に甘い感覚が残ったり、急に「もやし」に薬品臭さを感じたり、ヨモギ団子が苦くて食べられなかったり、という味覚障害がやってきた。ご飯もまずい、水すらまずい。ついに体重が三八キロになり、脱水症状の疑いありとのことで緊急入院となった。

「何を食べればいいのか」「何だったら食べられるのか」がわからないという、想定外の大ピンチであった。

しかし、これは私に限ったことではない。膵臓がん患者だけでなく、がん患者にとって、「食べること」はとてつもなく大きな課題である。がんそのものの疼痛、手術後の後遺症、抗がん剤や放射線治療の副作用。体力を落としたくない、痩せたくないと願いながら、実際には「食べられない」という苦しみが日々患者を苛む。多くの患者が「食欲不振」「体重低下」「低栄養」の危機にさらされており、それが治療の妨げになったり、生命予後に大きく影響したりする。

なぜ、こんなに苦しいのか？　どんな助けがほしかったのか？

(1)「食べられない自分」を受け入れられない

高校時代は一日五食食べていた。家での朝食、二時限後の早弁、昼の購買部のパン、部活後の買い食い、家での夕食。大学生になっても社会人になってからも、そう体質は変わらない。テレビの仕事は基本的に肉体労働で、ディレクターは一〇キロの三脚をかつぐ。中継のときは重いケーブルを体にぐるぐる巻きつけて走り回る。時間は不規則。食べられるときに思いきりがっつり食べる。でもそれは義務ではなく、自然なこと。そしておいしいものを見つけては食べる、家族にも食べてもらうという生活はプライベートの最大の喜びの一つだった。食べるのが好きで、太る心配ばかりしていたから、自分の人生に「食べられない」「痩せるばかり」という事態が訪れるとは、本当に、夢にも思っていなかった。

おおげさに言えば「アイデンティティーの崩壊」。私の生きる力はどこへいってしまったのかと落ち込んだ。

(2)ざっくりした栄養指導――ディテイルがわからない

手術や、化学療法スタート時の退院指導のなかには、当然「栄養相談」も用意されていた。その内容は、

*食べられないときは食べたいときに食べたいものを少しずつ
*主食、主菜、副菜をバランスよく
*特にたんぱく質は毎食摂る
*どうしても食べられないときは、高栄養ドリンクが処方できる

というものである。

しかし、これで実際家に帰って下痢や食欲不振、便秘や味覚障害に襲われ始めると、このようなざっくりした指導はほとんど役に立たなかった。普通の食事と栄養ドリンクの間のことが知りたい。その具体的工夫のディテイルが知りたいのである。

たとえば、卵は高栄養で必須の食品だが、どうやって食べれば下痢を引き起こさないのか？生卵か、ゆで卵か、卵焼きか？　半熟か固ゆでか？　主食に、麺類なら大丈夫そうなとき、中

華めんやパスタは食べて大丈夫か？　やたらにソース味やケチャップ味が食べたくなるときがあるが、食べて大丈夫なのか？　健康な人にとっては、ばかばかしいことかもしれない。しかし、本当に食べられないとき、食べるのが怖いときに、細かな知恵が切実に欲しかった。しばらくの間、自分で食べてみて可否を確かめる、という日々が続いた。

(3)蔓延する食餌療法情報

「○○を食べればがんが治る」「○○はがんのエサ、絶対食べるな」「免疫力を上げるのは○○」式の情報は、ネット上にも活字にも、患者同士の情報交換にもあふれかえっており、これらをまったく意識しないでいることは非常にむずかしい。

＊糖質制限すべし
＊赤身の肉や乳製品を控えるべし
＊脂質や肉を中心に食べるべし
＊玄米菜食に限定すべし
＊野菜ジュースを飲むべし

特に、「糖質制限」は猛烈に気になった。「糖質はがんのエサ」という実感を持ってしまっていたからだ。がん患者ならだれでも経験するPET検査は、「ブドウ糖に似た物質」を注射して、それが多く取り込まれる場所を光らせる検査法である。がん細胞はこの物質を取り込んで光る。PETのピカピカ光る映像で、がん細胞の存在を視覚的に植えつけられている患者にとって、この「怖い存在感」は無視できない。

主治医の阪本先生に聞いてみると「PETはそういう性質をたしかに利用しているが、糖質ががんを育てるというエビデンスはない」ときっぱり否定された。しかし、どこにいっても食《しょく》餌療法《じりょうほう》が話題にならないことはなく、完全には頭から離れない。糖質だけでなく、ウナギとか肉とかは一切絶って、菜食オンリーの人にも会った。栄養の観点でなく、ぜいたくをしたらがんが育つ、というような気持ちのうえでの強迫観念も患者にはあるように思う。

そして、食事は嗜好でもあるので、患者が信じて行っている食事の傾向を専門家が否定することは実は多くはないのではないか、と思われた。例えば、ある講演会に参加した際、患者と医師との懇談で私が「患者の食餌療法情報が気になる」と話したところ、ある医師が言った。

「そうそう、患者さんのなかには、ニンジンジュースを大量に飲む方がいて、皮膚が黄色くなっているから黄疸かと思ったらジュースの飲みすぎでした。あまりに偏るのは心配です」

でも、それをやめるように、とはなかなか言えないのだなと、このとき思ったのだった。

こうした迷宮に入り込んで、日々試行錯誤を繰り返していた私が、最も救われたのは一冊のレシピ集だった。静岡県立静岡がんセンターと日本大学短期大学部食物栄養学科が編集した『抗がん剤・放射線治療と食事のくふう』(女子栄養大学出版部)である。

このレシピ集は帯に「静岡がんセンターの患者さんに喜ばれたメニューを紹介」とあるように、患者の「こうすれば食べられる」という声を基に、看護師や栄養士が考案したメニュー集で、「食欲不振」「便秘」「下痢」「味覚の変化」「口内炎・乾燥」といった、化学療法や放射線治療の副作用の症状別に、対処メニューが示されていた。私は、副作用が強くなるたびこの本を隅から隅まで熟読して、何を食べるか考えた。便秘が続いた三日後に下痢、その間味覚障害は継続、などというときには、対処法が二律背反でこれまた迷うこともあったが、何よりメニューのディテイルとその根拠が書かれていることがとても助けになった。私が知りたかった「消化のいい卵の食べ方」についても「半熟卵が最も消化がよい」としっかり書いてあった。

さらに嬉しかったのは、このレシピ集が「オシャレになりすぎない」「患者自身がつくれるように調理はできるだけ手間をかけない」「市販品もうまく利用」という考え方が貫かれていたことである。

患者の食事について、よくセットになっているのが「家族の献身」だ。たしかに、家族のつくる食事が命を支えてくれることは素晴らしい。しかし、そうでない人もいる。私のように家族が働いている場合、また家族も病気や高齢である場合、単身である場合……。患者本人ができるだけ負担を感じずに食事を用意できることは、高齢単身社会が進む今後、ますます重要性を増すだろう。いや、もっと言えば、これだけ化学療法を長期で行う人が増えるいま、副作用対処のデリバリーがあってもいい。そういうNGOを元気になったら作りたい、とも思ってしまうのだった。

一九〇二(明治三五)年に三四歳で夭逝した俳人正岡子規は、絶筆『病牀六尺』で次のように書いている。

家庭の事務を減ずるために飯炊会社を興して飯を炊かすやうにしたならば善からうといふ人がある。それは善き考である。（中略）われわれの如き下女を置かぬ家では家族の者が飯を炊くのであるが、多くの時間と手数を要する故に病気の介抱などをしながらの片手間には、ちと荷が重過ぎるのである。（中略）病人のある内ならば病床について居つて面白き話をするとか、聞きたいといふものを読んで聞かせるとかする方がよほど気が利いて居る。（中略）飯炊会社がかたき飯柔かき飯上等の飯下等の飯それぞれ注文に応じてすれば小人数の内などは内で炊くよりも、誂へる方がかへつて便利が多いであらう。

（『病牀六尺』岩波文庫、一九八四年）

凄いな子規！　あのマッチョな明治時代に、なんと子規は、病人を抱える家庭への飯炊会社＝デリバリーを発想していたのである。

また、先に紹介したジャーナリストの千葉敦子氏は、『よく死ぬことは、よく生きることだ』のなかで病院での食事について具体的なメニューを紹介し、毎日患者が「好きなものが選べるのが助かる」としたうえで、次のように書いている。

私の観察によれば、日本の病院の食事が一般的にいって余りにも貧し過ぎるため、見舞いに来る家族は必ずといっていいほど、補食を持ってくる。そのため、日本の病室は食器や魔法瓶などでごちゃごちゃしているのではないかと思います。欧米諸国のように、病院食がきちんとしていれば、補食は必要ありません。だいたい、補食は栄養のバランスを崩し、非衛生的でもあり、好ましいものではありません。

（『よく死ぬことは、よく生きることだ』文藝春秋、一九八七年）

もちろん欧米諸国とは医療費のシステムが違い、千葉氏が入院したアメリカでは患者の負担が日本とは比べ物にならない。だが、明治の正岡子規にしても、昭和の千葉敦子氏にしても死の直前まで、患者から見た食生活の重要性と改善の余地を叫んでいることは確かだと思う。

翻って、前述のレシピ集を監修した静岡がんセンター総長の山口建医師は、レシピ集の「はじめに」のなかで患者の悩みや負担を和らげるための「この分野の研究は、わが国のみならず世界でもひどく遅れています」と書いている。

病院内外で栄養に携わる栄養士や調理師、看護師など専門職の方々がもっと前面に出て力を発揮されること、それを支えるシステムや予算の裏付け、家族の献身に頼らないという意識の改革まで、がん患者の「食」を支えることを考えてほしいと思う。

＊

さて、この節の冒頭の築地の栄養セミナーで私が学んだことに戻る。

「なんといっても銀シャリと肉！　野菜はそのあとでいい」

糖質はがんのエサ、と考えるのはやめる。かりにエサであったとしても、私自身の健康な細胞にも糖質というエサを与えないと闘えない。

「寝る前にカップ焼きそばを食べるくらいカロリーを摂れ」

三重大学の研究によれば、膵臓がん患者は消化・吸収機能が落ちるため、たとえば一日二〇〇〇キロカロリー摂取したとしても、普通の人が五〇〇キロカロリーしか体外に出さないところを五〇〇キロカロリーも排泄してしまう。だから、ふつうは「メタボになる」と避けるようなハイカロリーな食事をするくらいでちょうどいいのである。しかも、ジャンクフードも食べたいときは食べればよい。

「消化剤は食後でなく、食事中に食べるように飲め」

カプセル四個の消化剤を毎食後に飲むのは、手術後に飲み込む力が落ちているときには大変だった。高齢者の方々はもっと負担が大きいと思う。それを、食事中にわけて飲んだほうが消化にはいい、あるいはカプセルが負担であれば、カプセルを開けて薬剤をご飯に混ぜてもいい、という大胆な提案は助かる人が多いのではないか。

こうした提案も、三重大学の患者の声のなかからくみ取られた知恵だという。きわめて具体的なアドバイスに、私はこの講座以降大きく助けられ、抗がん剤投与を受けながら体重をやや増やすことができた。とても感謝している。

*

これを書いている数週間前から、抗がん剤による味覚障害がいっそう増してきた。口のなかにパラフィン紙が張り付いているような感じがする。

ご飯がポソポソ
薄切り肉はゴムのよう
すべての味がまったりする、ハヤシルー、カレールーも味がかすんでダメ

しかし、食べなければならない。二〇一五年のSF映画『オデッセイ』でひとり火星に残されたマット・デイモンは、救出を待つ間、基地に残っていたジャガイモを自分やクルーの残した排泄物を使って栽培する。そしてできたジャガイモを食べ続ける。

私たちがん患者も同じだ。がんの勢いに負けないために、化学療法に耐えるために、手術に備えるために、食べなければならない。

ご飯はダメでも滑らかなお餅なら食べられる
逆に、ぱりぱりしたコーンフレークや、長崎皿うどんの硬い麺はＯＫ
酸っぱくて辛い酸辣湯、ピリピリのタイカレー、ジャンキーなソース味の焼きそば……

口の中のパラフィン紙を突き抜けてくれる食品を探す。冷凍食品、レトルト、総菜売り場、を駆使してとにかく少しでも食べる、食べる。
生きるために食べる。だからどうか助けてください、医療現場にかかわる栄養士、調理師のみなさん！

4　「転移」の中で思い出した三つの物語

肝臓とリンパ節に、たくさんの転移を抱える今、しみじみと(?)思う。
——なぜがんは「転移」するのだろう？

――せっかく手術できたのに、「転移」さえ無ければなあ……。
「転移」って何なのか？　国立がん研究センターが発行している患者向けの冊子によれば「再発・転移」とは、次のような定義である。

「再発」とは、治療がうまくいったように見えても、手術で取りきれていなかった目に見えない小さながんが残っていて再び現れたり、薬物療法（抗がん剤治療）や放射線治療でいったん縮小したがんが再び大きくなったり、別の場所に同じがんが出現することをいいます。治療した場所の近くで再発を指摘されるだけでなく、別の場所で「転移」としてがんが見つかることも含めて再発といいます。（中略）
「転移」とは、がん細胞が最初に発生した場所から、血管やリンパ管に入り込み、血液やリンパ液の流れに乗って別の臓器や器官へ移動し、そこでふえることをいいます。

なるほどわかりやすい。健康な時の自分なら「はい、わかりました」で終わる。しかし実際にがん細胞が体の中で「移動し」「増えている」今は、もうちょっと、なんと言ったらいいか

〝気分にあった定義〟が欲しい。

ピュリッツァー賞を受賞した医師のシッダールタ・ムカジーは、他の医師の表現も引用しながら、先に紹介した『がん　4000年の歴史』のなかで、「転移」を次のように記述する。

がん細胞は過度の個人主義者であり、外科医で文筆家のシャーウィン・ヌーランドが書いているように「あらゆる意味で規範に従わない」。ある場所から別の場所へのがんの移動を表わす転移 *metastasis* ということばは、*meta* と *stasis*——ラテン語で「静止を越えて」という意味——を組み合わせた興味深いことばであり、近代性にひそむ独特の不安定さというイメージにつながる、係留を解かれた、どこか一定ではない状態を表わしている。(中略)その生き方は必死で、創意に富み、猛烈で、縄張り的習性を持ち、狡猾で、防衛的であり、ときに、あたかもわれわれに生き残り方を教示しているかのようにすら思える。

(前掲書)

規範に従わず、静止を越えて動き回り、必死で生き残ろうとするのが、がん細胞。がん細胞の最大の特徴は転移であり、転移の能力があるからこそ「がん」なのだ。いったい、これに捕らわれた患者はどうすればいいのか？　がん細胞は、もともと自分の細胞が変異したものだという。だから共存すべし、とも言われる。だが、消えてほしい。いなくなってほしい。だれか助けてほしい！

私が「がんの転移」という恐ろしい存在を知ったのは、九歳、小学校四年生のころだった。はたして「転移」という言葉を認識したのか、病状としての現実を認識したのか定かでないが、なぜその時期を記憶しているかというと、忘れられないテレビドラマがあったからだ。

当時私たち小学生女子は、日曜夜七時半から「ヴイ・アイ・シー・ティー・オー・アール・ワイ」という歌に乗ってＶＩＣＴＯＲＹのアルファベットが画面にでてくるタイトルバックを待ちわびてテレビの前に座っていた。ドラマ『サインはＶ』。いまウィキペディアを見ると最高視聴率は三九％。一九六四年、東京オリンピックの〝東洋の魔女〟以来続くバレーブームを背景に、鬼コーチに率いられた女子バレーボールチームを描く、スポ根ドラマである。

このドラマが最高潮にあったとき、主人公朝丘ユミ(岡田可愛)のライバルとして、父親がアメリカ人のジュン・サンダース(范文雀)が登場する。まじめ優等生の主人公ユミとぶつかる反抗的なジュン・サンダースはやがてユミと組んだ必殺技「X攻撃」を編み出すとともに、深い友情をはぐくんでいく。この「X攻撃」とは、空中に高くジャンプした二人が交差しながらアタックするというありえない攻撃なのだが、私たちは学校から帰ると硬いドッジボールで腕にみみず腫れを作りながら、空中には飛べないので地上でクロスして走りまわり、毎日の夕暮れを迎えていた。ところが、ある日ジュン・サンダースに骨肉腫というがんがみつかる。大事な試合をあきらめて利き腕(サウスポーだったような気がするが定かでない)を切断、復帰した彼女は残された片腕で必死のトレーニングを始めるが、やがてがんは「転移」し、命を奪う。衝撃。

たぶん、その放送日の翌朝は、友だちを失ったように悲しい気持ちで学校に行ったはずだ。いつもジュンとユミになりきって遊んでいた友人たちとどういう会話をしたかよく覚えていないのだが、私は子ども心に、悲しみに加え怒りの感情を抱いたように思う。この病気は、まずその人の一番大切なもの「利き腕」を奪い、それでも生きようとする努力に追い打ちをかけて命を奪う。ひどいではないか！

この放送の翌年、私は父の転勤で、ある地方都市に転校した。そこで一番最初に友だちになった女の子が、あろうことか骨肉腫に襲われた。鈍足の私からすると羨ましい俊足で、鉄棒の足かけ回りでは何十回も無限に回っていそうな運動神経抜群の人だった。バス停五つ先くらいか、少し遠くの大きな病院に入院した彼女を私たちは数人で見舞った。緊張していて病室で何を話したか覚えていない。

帰る時、彼女のお母さんが私たちを追ってきて、ちょっと待っててと言って病院の売店でアイスクリームを買ってくれた。アイスキャンデーではなくて、めったに買ってもらえないカップに入ったアイスクリームだった。それを病院で食べたのか、バス停で食べたのか、とにかくすごくおいしかったので、ろくなお見舞いもできなかったくせにアイスクリームをおいしがっている自分が、あとから強烈に恥ずかしくなった。

彼女は、足を片方腿から切断して、思ったより早く学校に戻ってきた。ジュン・サンダースを見ていた私は、(まさに〝死の隠喩〟に捕らわれていたわけで、いま考えると申し訳ないことだが)怖かったのだが、松葉づえの彼女がこのまま治ってくれることを祈りながら机をならべていた。しかし、半年後また父の転勤で東京に戻った後、彼女が亡くなったことを知らされた。がんは、校庭をしなやかに、鹿のように走っていた俊足の友だちの一番大切なものを奪ってから、次に

「転移」して命を奪ったのだと思った。

「狡猾」。「規範に従わない」。「係留を解かれた」。シッダールタ・ムカジーが転移について書いた言葉を読んで、ありありと思い出したのが、この、子どもの時のドラマとそれが現実になったような友人の死であった。「転移」の、卑劣で、無制御で、想像を超えた恐ろしさは、子どものころから、それに気づかないまま私の心の底にずっとあったのだと思う。

あとで知ったが、『サインはV』を放送していたTBSには全国から助命嘆願が寄せられていたという。四〇％近い視聴率だから、今なら「ジュン・サンダース・ロス」と言われるだろう。高視聴率のドラマの脚本は、当時の社会問題を反映している。ドラマのすぐ後に友人を同じ病気で失ったことを考えると、当時若い世代にこのがんが多発し、問題になっていたからだったのかもしれない。

がん情報サービスで骨肉腫を調べると、一九七〇年代以前は化学療法の手段がなく、手術できても肺転移をすることが多く、五年生存率は一〇％台であったという。いまの膵臓がんと同じように〝死の隠喩〟に使われたのだとも言える。今では、手術と化学療法によって、五年生存率六〇％台となっている。最近、テレビコマーシャルで骨肉腫サバイバーの青年が放射線技師として働いている姿を見て、とても嬉しかった。

「転移」は、実際にそれが起こることも衝撃だが、「転移するのではないか」という不安が続くことも、患者にとっては大きな苦しみである。膵臓がんは手術できても再発率が極めて高いと言われているので、その不安は今の言葉でいえば「半端ない」。しかし、再発率が低いがんでも、五年生存率が高いがんでも、不安があることに変わりはないのだと思う。

二年前、私ががんになったことを知った友人知人たちのうち三人の女性が「私もじつはがんだった」と連絡を下さった。かつていっしょに番組の制作をしたスタッフと出演者、息子の保育園でとてもお世話になった保育士の先生、いずれも乳がんだったという。三人とも、「再発を一〇年の間心配して過ごしたけれど、一〇年経った。だからあなたも頑張って」というのだった。私はその人たちの闘病中そのことをまったく知らなかった。みな黙って再発・転移の不安と一〇年間闘っていた。「気にしているものだから、ちょっと脇がいたいな、とかお腹がいたいなと思うとそこに転移したのかって、すごく不安になるのよ」と話してくれた。その苦しさは、自分が再発の不安にさいなまれるようになってとてもよくわかった。

私は、二〇一六年六月に膵頭十二指腸切除手術を受けて、再発予防のための標準治療のTS-1を八月から六週間×四クール=五か月にわたって飲んだ。それが終わっても、さらに再発が怖くて、処方を延長してもらった。幸い二〇一七年二月のCTは異常なし、腫瘍マーカーのCA19-9は基準値三七以下の一七~二〇を一貫して保っていた。

「術後一年を目標に仕事に復帰したい」と私は主治医の阪本先生に申し出て、そのとき初めて病気になる前に自分がどういう仕事をしていたかを少し話した。それまではとにかく、下痢の回数を報告し、白血球、腫瘍マーカー、肝機能の数値を診察室でいっしょに覗《のぞ》き込んで次の指示を仰ぐという日々だった。初めて個人的なことを少し話したこの日は、先生をコーチとしてマラソンを半年走ってきて、ちょっと立ち止まって給水できたような気持ちだった。

「五月のCTが異常なければ復職の診断書を書きましょう。応援します」と先生は言ってくれた。先生に最初に会った時、私は鼻から胆汁を出すための管をぶら下げていた。それ以来ずっと、洋服を着て外来に通うようになっても私は、気持ちのうえではパジャマを着た患者のままだった。少し仕事のことを話し、応援すると言ってもらえたことで、やっと洋服を着てすわっている気持ちになったことを覚えている。私は主治医のこの言葉を職場に伝え、三月末に職場に赴いて復帰後の仕事について話し合いを持った。多くの同僚が「いよいよですね」、「待っているから」と言ってくれて、すっかりその気になっていたのだった。

しかし、四月に腫瘍マーカーを採ると数値がフワッと上がっていた。基準値内だが三五。え？ 握りしめていた風船の紐が、手を離れていくような気がした。五月のCTには、ぼやけたドーナツのような肝臓への転移腫瘍が映っていた。

なぜ？ 心が折れる、という常套句はあまり使いたくないが、このときは使いたくなった。

CTの結果を受け、即座に抗がん剤をチェンジして化学療法を続ける。次の治療に向かいながらも、私は「これはいったいどういうことなのか？」と、自分に起きたことを、納得しようとしていろんなことをぐるぐると考えた。そのなかでまた、二〇代の元気な頃に見たある映画の一シーンを思い出した。それは「心を折る」という、拷問のシーンである。

映画は多分、南アフリカのアパルトヘイトを主題にした『ワールド・アパート』だと思うが、はっきりしない。そのシーンは映画の中ほどだったと思う。

反体制運動で政治犯として収監されていたある女性活動家が、拘束を解かれて釈放される。長い収監だったのか、拘束中にひどい体験をしているのか、その表情は疲れとおびえに満ちている。鉄扉が背で閉じられ、外の世界に出た瞬間、怯えを振り切るように駆け出した彼女は電話ボックスを探す。自宅の番号をダイヤルする。呼び出し音を待ってつながるわが子の声。「もうすぐ帰るから」、と言おうとした瞬間、背後に屈強な男が踏み込み受話器を取り上げる。「仲間に連絡しましたね。逮捕します」。

心を折る、という拷問。わざと釈放して期待と喜びを味わわせ、それをすぐに奪って絶望させる。実話に基づいて脚本が書かれたこの映画は、体に苦痛を与える拷問だけでなく、このような精神的な拷問が日常的に行われていたことを描いて、見る人を当時の重苦しい社会に一気に引き込む。

私は、職場復帰が叶わなくなったことを、「仮釈放は思ったより短くて、またがんに捕まっちまいました」と友人たちにおちゃらけて話しながら、このシーンを何度も思い出していた。

がんは最初の告知の時に否応なく「死」を意識させられる。五年生存率が伸びて、治る時代になったといっても多くの人がそうだと思う。まして九％しか生存率がない膵臓がんではその恐怖からなかなか逃れられない。それでも手術ができたことで、「生きられるかもしれない」、いや「きっと生きられる」、と思って過ごすことができた。しかし、転移はそれが「幻想」だったことをつきつける。夜、遠くに高層ビルのてっぺんで明滅する赤いランプのように、小さくともった「死」という言葉は、一瞬見えなくなっていたが気がつくとすぐ近くで強く明滅している、そんな感じだ。

私は強くない。もうダメ。映画を見た時も思ったのだ。痛い拷問も、心の拷問もすぐ降参します。なんでもしゃべります。決して闘う活動家にはなれません。

それにしても、いったい、このような体験をほかの患者の人たちはどのように乗り越えているのか？

探してみると、『もしも、がんが再発したら』という書籍があった。冊子として発売されているだけでなく、国立がん研究センターＨＰで、無料でＰＤＦがダウンロードできる。

この冊子の「はじめに」は、以下のように記されている。

　がんの再発は、計り知れない衝撃です。治癒《ちゆ》を目指してきた患者さんにとって最初にがんの宣告を受けたとき以上に大きなショックを感じます。そのため今まで以上に多くのサポートを必要とします。

　この本は、再発がんの体験者とがんの専門家が集い、がんの再発という事態に直面した方に信頼できる情報をわかりやすく提供し、これからの治療や生き方を決めていくためのお手伝いをする目的でつくられました。


　巻末には協力した再発がんの患者さん八名の名前も記されているように、実在の患者さんの大きなショックや悩みに忠実に寄り添って作られたものである。こうしたものを作り、無料で公開していることにも、またおそらくそれぞれの過酷な闘病のなかで協力した患者さんに対しても大きな感謝と尊敬を感じる。こうした冊子が用意されているということだけで、社会的に忘れられていない、応援されている、という実感をもつ人も多いだろう。

　だが、失礼を顧みず正直に言えば、私自身の感じたショックとそれに対する解決には、あまり結びつかなかった。それは、ひとつにはこの冊子が、読む人をいきなり「前向きに」導こうとしていることにある。大急ぎで付け加えると、それは当然のことなのだ。私もその道を探して読んだのだから。ひねくれるのもいい加減にしろよと言われそうだ。

最初の「がんの再発、私たちの体験」には五人の体験がそれぞれ五〜二〇行で記述されている。その内容は全員、前半六〜七割までが「再発のショック」、後半三〜四割が「立ち直った」「積極的に生きている」「予定でいっぱい」という前向きな内容なのだ。私はこれを読んで、映画『タイタニック』の冒頭の老優のセリフを思い出していた。

「とてもそんなものでは……」

これはタイタニック沈没の八四年後の現代、一〇一歳になった主人公ローズが、沈没した船の財宝引上げで一攫千金をもくろむ調査船に同行し、沈没の際はさぞ大変だったのでしょう、と問われて、つぶやく言葉である。この「とてもそんなものでは……」という言葉に、観客は強く想像力を刺激されて、その後の大スペクタクルへと入ってゆく。

この冊子に協力した方々の体験は「とてもそんなものでは」なかったのではないか？　と思った。そして私自身のそのときの気持ちも、「とてもそんなものでは」なかった。

冊子は、患者の心の動きや具体的な支援を解説している。そしてその冒頭には、患者さんの体験が、見出しのように掲げられている。それは、プライバシーを守るために枝葉末節がそぎ落とされ、誰も傷つけないようにドロドロしたものを拭い取り、短く編集された体験談である。

それは極論すれば、「船に水が入ってきて必死にデッキにあがりました」というところで「救命ボートがあります」と解説し、「船が真っ二つに折れて柵につかまってなんとか耐えています」というところで「冷たい水に落ちても、浮いている物を探しましょう」と解説しているようなものだ。

どんなにそれが過酷でもドロドロしていても、患者の体験談を枝葉末節まで含めて読めるようにできないのだろうか？　もちろん具体的支援策の紹介は必要だ。しかしその前提となる「決してすぐには前向きになれない」、「もしかするとずっと前向きになれない」という現実からスタートして、さらにその後に続くそれぞれの「タイタニック」を共有するところからしか、患者が恐怖と孤独を乗り越える道は探せないように思う。

今は、ネット上に日々情報を付け加えていける時代である。患者体験は個人のプライバシーを守り、他者への誹謗中傷を排除した、しかしできるだけディテイルを失わない形で積み重ね共有していく方法を探れないものだろうか。

おそらく、「告知」、「再発」、「標準治療の終了」の三つが、がん患者の体験する「タイタニック」である。がんから逃げまどいながら、常に心のなかで明滅する「死」という存在とどう向き合うのか、それについては改めて後述したい。

5 〝隠喩としての病〟にたじろがないために

二〇一八年が明けてすぐに、著名な元野球選手・監督の星野仙一氏の訃報が流れた。がんになってから、ニュースで訃報が流れると背中に冷たいものが走る。特に「若くして急に」という形容がつくときは身構えるようになった。「原因は膵臓がんではないか?」と。予感は当たって、星野元監督はやはり膵臓がんであった。前年一月には野球殿堂入りし、一一月、一二月に行われたお祝いのパーティーでも元気な姿を見せていたと連日テレビでその姿とその死を悼む多くの声が伝えられた。

この一連の報道のなかで私は、自分が膵臓がんを手術した直後の二〇一六年七月、同じく膵臓がんで亡くなった元横綱千代の富士のことを思い出していた。「ウルフ」という愛称で呼ばれ、その強さと美しさで多くの人を魅了した大横綱。六一歳というあまりにも若い逝去。あのときも大きなショックを受けたのだった。あんなに強い人でも、この病気には勝てないのだ。

著名な人、偉大な人が亡くなる「悲しみ」とともに「炎の人」でも「強靭な人」でも勝てなかったという「病気の怖さ」が併せて情報化される。大量の情報のなかで、膵臓がんは「がんの王様」と呼ばれることも知った。日々流される文字や音が「膵臓がん＝死に至る病」というイメージをつくり、そのイメージが刃となって自分に向かって飛んでくる。

活字やメディアの世界で、「死の象徴」とされるものに何が選ばれて使われているか？　健康な時は意識したことがなかった。しかし、いま映画やドラマの世界で「死の象徴」となっている病気はまぎれもなく「膵臓がん」である。テレビドラマや映画はもともと好きなのだが、病気になってから、気晴らしに見ることは以前より増えた。しかし、見てしまってから「ぎゃー」と落ち込むことも多い。

ドラマ『相棒』二〇一六年シーズン14最終回ＳＰ（テレビ朝日）ではエリート公安刑事（高岡早紀）が、自らの死期を悟り警察不正を暴く犯罪行為に手を貸す。死期を悟る、という象徴的カットは「膵がんステージⅣｂ」という診断書のアップである。同じく二〇一六年日曜劇場『仰げば尊し』（ＴＢＳ）では荒れる高校生たちを懐深く指導する吹奏楽部顧問（寺尾聰）が、全国吹奏楽部コンクールの寸前で病に倒れ命を落とす。心の深い傷から立ち直ってゆく高校生たちの姿と、志半ばで病に倒れる先生の無念さと教え子への愛情の交錯がドラマ後半の山となる。膵臓がんの告知シーンや吹奏楽部指導のために抗がん剤治療を調整するシーンなども描かれた。

また同年、宮沢りえがさまざまな賞を受賞した映画『湯を沸かすほどの熱い愛』は、死が迫った母親(宮沢りえ)の凜とした愛情が、娘(杉咲花)やダメ夫(オダギリジョー)などの助演者たちの名演も含め、印象深い映画であった。きっと健康なころの自分であったなら、「感動した」、「宮沢りえさんはすごい」などと見終わって言っただろう。しかし、この主人公が死に直面する原因も「すでに手のほどこしようのない末期の膵臓がん」なのだった。主人公の心の強さが際立つ後半、がんの末期症状に苦しむシーンは見ていてかなりつらかった。二〇一七年には映画『君の膵臓をたべたい』も封切られたが、見る勇気が出なかった。

もちろん二〇一六年の『ドクターX』など、「助かる」ストーリーも存在する。このドラマでは主人公(米倉涼子)の親友麻酔科医(内田有紀)がステージⅣaの膵臓がんとなり、いったんは治療をあきらめかけるが、最新のIREナイフでダウンステージングでき、助かるというストーリーとなっていた。しかし、「助からないのではないか」と最終回に持ってくる病名としては、この病が必要だ。病名が出たとたんに「それは助からない」という、見る側の不安を掻《か》き立てるためには、リアリティーがなくてはならない。それに選ばれているということだろう。

批評家のスーザン・ソンタグは自身が乳がんとなった一九七五年に「生きてものを書ける時間がどれだけ残されているか分からないという不安にせきたてられて、猛烈なスピードで」、『隠喩としての病い』を書いた。ソンタグは言う。

……病気とは隠喩などではなく、したがって病気に対処するには――もっとも健康に病気になるには――隠喩がらみの病気観を一掃すること、なるたけそれに抵抗することがもっとも正しい方法であるということだが、それにしても、病者の王国の住民となりながら、そこの風景と化しているけばけばしい隠喩に毒されずにすますのはほとんど不可能に近い。
（『隠喩としての病い　エイズとその隠喩《始まりの本》』富山太佳夫訳、みすず書房、二〇一二年）

ソンタグは治療法がなく死に至る病として、結核とがんを題材に、その病が「神秘化」「神話化」「神聖化」「ロマン化」された言説を徹底的に検証し、批判する。病が「神秘化」されてしまえば、患者は無力な犠牲者でしかない。

だが両者の神秘化には差異がある。結核は「繊細さ・感受性・哀しみ・弱々しさの隠喩的等価物」であるが、「非情で、容赦なく、略奪を事とするように見えるもの」が、すべからくがんにたとえられる、とする。結核は「病める自我の病気」だが、がんは「絶対の他者による病気」である。ゆえにがんは軍事的比喩と親和性が高い。「癌戦争」「制圧」「征服」。ソンタグは、がんの記述や治療にまつわる表現に「軍事とつながる誇張表現」が使われることにも不快感を示す。

批評家ソンタグが言おうとしていることを、十分に読み取れているのか自分の読解力に自信がない。でも彼女が言いたいのは、病気そのものでなく、「不安」が掻き立てる言説や譬《たと》えや表象に、患者は振り回されてはならない、ということではないか。書き方はむずかしくわかりにくいが、ソンタグはとにかく怒っている。通俗的な言説、大衆受けする表現のなかに刃を感じてしまう「患者の自分」には、ソンタグの怒りが心強い援軍に思えた。

ソンタグは言う。

病気が病気としてではなく、悪として、無敵の略奪者として扱われるかぎり、たいていの人々は癌にかかったと知れば、元気をなくすだろう。癌患者にその病名を話すのをやめても、とても解決にはならないわけで、病気の捉え方を正し、非神話化するしかないのである。

（前掲書）

ソンタグは、結核が一九五〇年代にストレプトマイシン、ヒドラジッドという特効薬の出現で「治る」ようになったとたん、神話は消えたと書いている。いま、がんも「治る」病気になりつつあり、いくつかのがん種では五年生存率が八〇％を超えている。そうなると「無敵の掠奪者」の地位を占めるのは、もっと細分化された、生存率の低いがんでなければならない。だから多くのドラマや映画がいま、「死の隠喩」として膵臓がんを用いる。

そんなことを考えていたら、新聞にまた大きな週刊誌の広告が出ていた。

「がんの王様」一〇年生存率五％　膵臓がんを生き抜く術

ソンタグ先生、どうなんでしょう、これ。なんとかして下さい、と思わず言いつけたくなる見出しじゃありませんか。

『隠喩としての病い』を書いた一二年後、ソンタグはこの書を振り返ってさらに『エイズとその隠喩』(『隠喩としての病い』を読み直して、考えたこと)を書き、くっきりとしたメッセージを送っている。

私の本の目的は想像力を掻き立てることではなく、鎮めることであった。(中略)隠喩と神話は人を殺す、私はそう確信した。(中略)私は病気にかかっている他の人々に、まわりで心配している人々に、そうした隠喩や禁忌を解体する道具を提供したかった。(中略)癌はひとつの病気だ、と——とても重大な病気ではあるにしても、ひとつの病気にすぎないのだ、と。呪いでも罰でも当惑すべきことでもない。「意味」はない、と。必ずしも死刑宣告ではないのだ(神秘化のひとつが、癌=死である)。『隠喩としての病い』はたんなる論

争の書ではなく、勧めなのだ。（前掲書）

想像力を掻き立てることと鎮めること。がん患者となった今は、「鎮める」ことの大切さを折に触れて痛感する。生活のなかで触れる活字や映像に刺激されなくても、自分の体内で育っているがん細胞の姿への想像、腫瘍マーカーの値が跳ね上がることへの想像……。闘病自体がしたくない想像との闘いでもある。

しかし健康なころは、自分自身が「想像の消費者」であったし、「掻き立てる仕事」をしてきたのだと思う。

ソンタグは、がんという病気の治療法が広がり、その手法も免疫療法などに変化していけば、「無敵の掠奪者」という位置づけや隠喩は変化してゆくのではないかと考察している。その道のりはいまだ遠いかもしれない。しかし、自らの暴走する細胞を体のなかに抱えながら、それでも人生そのものががんに掠奪されることを、最後まで拒むことは、できるだろう。ソンタグの言葉はそのエールである。

6　がん患者の「心を支える」仕組みとは

手術、化学療法、毎月の腫瘍マーカー、二か月に一度のCT……副作用の波を予想し、食べられるものを毎食考え、便秘や下痢を食事のたびに心配し、がんが体のなかで育たないように祈り……。そんな日常に、もうヤスミタイ。できればヤメテシマイタイ。ぜんぶオシマイニシタイ。と、弱い私は時々思う。家族に当たりそうになり、落ち込んでどこかに行ってしまいたくなる。だいたいさ〜(と突然ため口)、病気になる前は、もっとちっぽけなことでむしゃくしゃしたり、あーやだ忘れよう、と飲んだくれたりしていたじゃない？　この、身体の苦痛と心の動揺の連続は、どうみても自分の小さな小さな器の許容範囲を超えている。

他の人はいったいどうしているのか？　どうやって乗り切っているのか？

闘病記や闘病ブログも読んでみた。だが、「心を支える」ということに関してはあまりピンとくるものがない。闘病記はだいたいが前向きだ。家族や友人への感謝に満ちている。闘病ブログはもう少し生々しいが、「苦悩を吐き出す場」ではあっても、乗り越え方のヒントはそうない。吐き出した声に対してコメント欄に多くの励まし、共感の声が寄せられる。そのコメントを読んで、書いた人は元気づけられる。そのような循環がネット上には生まれ、やがて実際に対面するオフ会などで患者どうしの連帯の輪が広がることも多い。ネット上の患者の連帯が一〇〇万人の規模となり膨大なエネルギーを産んだのが、乳がんで二〇一七年に他界した小林麻央さんのブログだろう。

私自身も本人のブログや家族のブログを読み、「みな同じだな」と共感することはある。私と同じ抗がん剤であまりにも重い副作用で苦しんでいるある患者さんのブログを読んで、一回だけ副作用軽減のための検査についてコメントを寄せたことがある。だが、読んでいると苦しくなることも多い。いや、苦しくなることのほうが多い。

日本対がん協会によれば、がんサバイバーは日本に七〇〇万人いるという。すごい数字だ。七〇〇万人いればどこかにすごくいい「乗り切り方の傾向」のようなものがでてきてもいい。私は患者の意識調査を探してみた。だが探してみると意外に少ない。二〇一六(平成二八)年一一月に内閣府が「がん対策に対する世論調査」を行っているが、調査対象は一般市民であり、患者ではない。また、NPOや製薬会社の調査は散見されるが調査対象数が一〇〇に満たないものも多く、特定の患者団体に依っているなど公平な調査と言えるかどうか疑問が残る。

みつけたのが、静岡県立静岡がんセンターが行った「二〇〇三年　がんと向き合った七八八五人の声（がん体験者の悩みや負担等に関する実態調査）」とその一〇年後の「二〇一三年　がんと向き合った四〇五四人の声（がん体験者の悩みや負担等に関する実態調査）」である。双方とも調査対象は二〇歳以上。二〇〇三年は五三医療機関に外来通院中の患者と一五患者会・患者支援団体に所属するがん体験者、二〇一三年は、同じく全国の医療機関に外来通院中の患者と患者会・患者支援団体に所属するがん体験者、となっているが医療機関数や患者団体数は明示されていない。

どちらの調査も患者本人の了解、個人が特定されない「連結不可能匿名化」などプライバシーの保護、が十分に配慮されて調査対象がえらばれている。またこの調査の特徴は「がん患者として悩んだこと」や、それを「軽減させるために必要だと思うこと」を明らかにするために、「患者の言葉で語ってもらうため自由記載による回答を求め」た（「はじめに」、二〇〇三年調査）としている点にある。患者の自由記載を調査分析の専門家が詳細に分類し、解析してデータベース化する。

二〇〇三年の調査は、次のような言葉で始まっている。

「誰もが重要だと考えるが、誰も実施しなかった調査」、ある医療の専門家は本調査をそう評した。がん患者の悩みを、全国的な規模で、プライバシーを確保しながら、患者の言葉で語ってもらい、科学的な分析を加えた上でデータベース化する。それが本調査の骨子である。その成果は、がん患者の「生きることの質（QOL）」の向上に生かされる。

このふたつの調査結果は、いまの患者である私たちにとって、非常に興味深く示唆に富んでいると思う。

二〇〇三年調査で私が最も驚いたのは、「悩みや負担等の軽減のための要望・支援」への回答である。これには四九一一人が回答し、キーワード分析の結果、一人当たり一・五件、七一八二件の要望がまとめられた。その結果……、第一位、一四三二件は「自身の努力による解決」であった（図2）。

ええっ？　ほかの患者たちは悩みをどう解決しているのか？　が知りたくて調べ始めたのに、

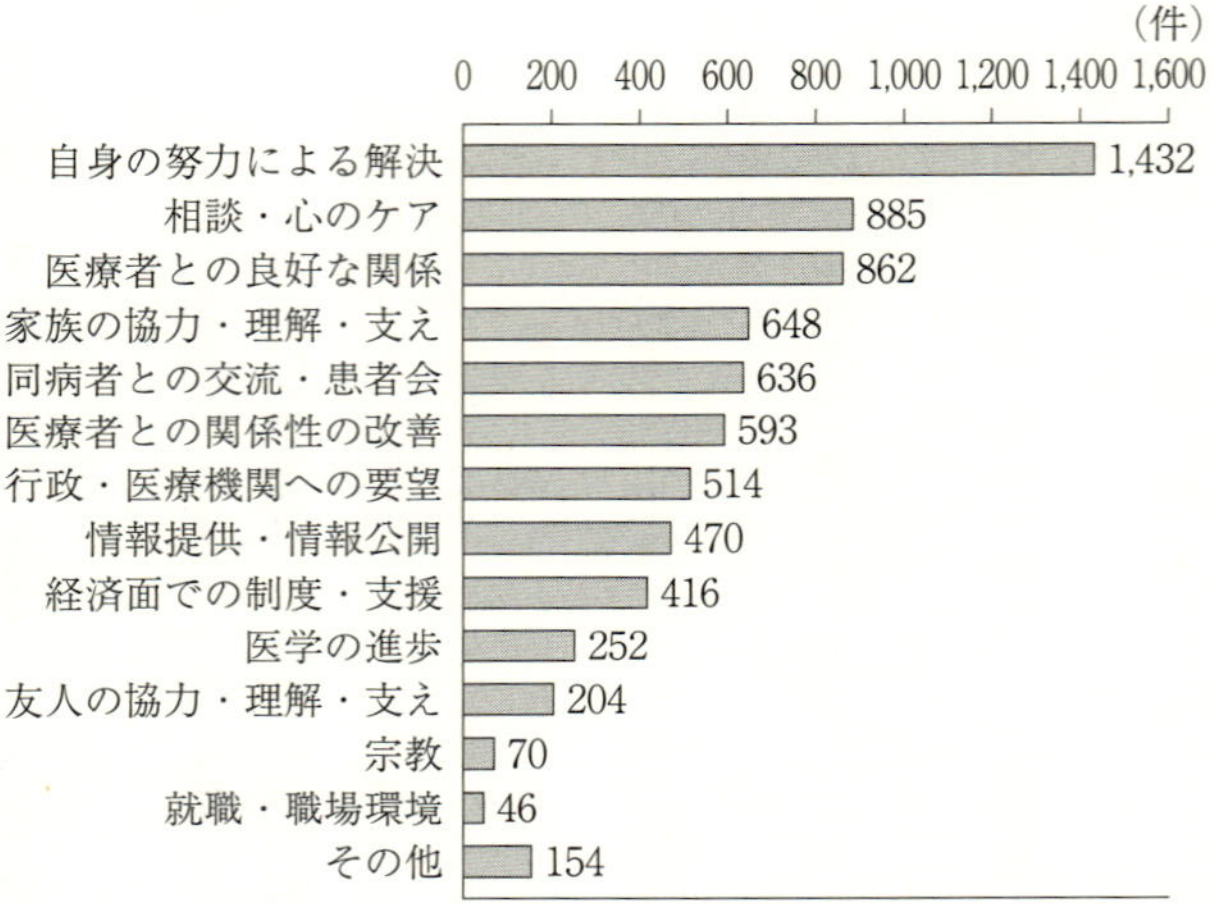

出典：「2003年　がんと向き合った7,885人の声」静岡県立静岡がんセンター

図2　必要な対応策・支援策・支援ツール（7,182件）

「自身の努力」がその答えなのか？　それにしても患者たちは凄すぎる……。アンケートに応じる患者は元気で積極的な人が多いというバイアスの可能性を考慮するにしても、みな器が大きすぎるのではないか？

もちろん、一人一人の心を支えられるのは、最終的には自分自身である。だが、この結果は「持っていく場がない」ということの現れとも取れるのではないか。調査者たちはこの結果について「医師、看護師が考えているよりも、患者は自ら努力し、悩みを克服しようとしていることがわかるが、それを支援する様々なツ

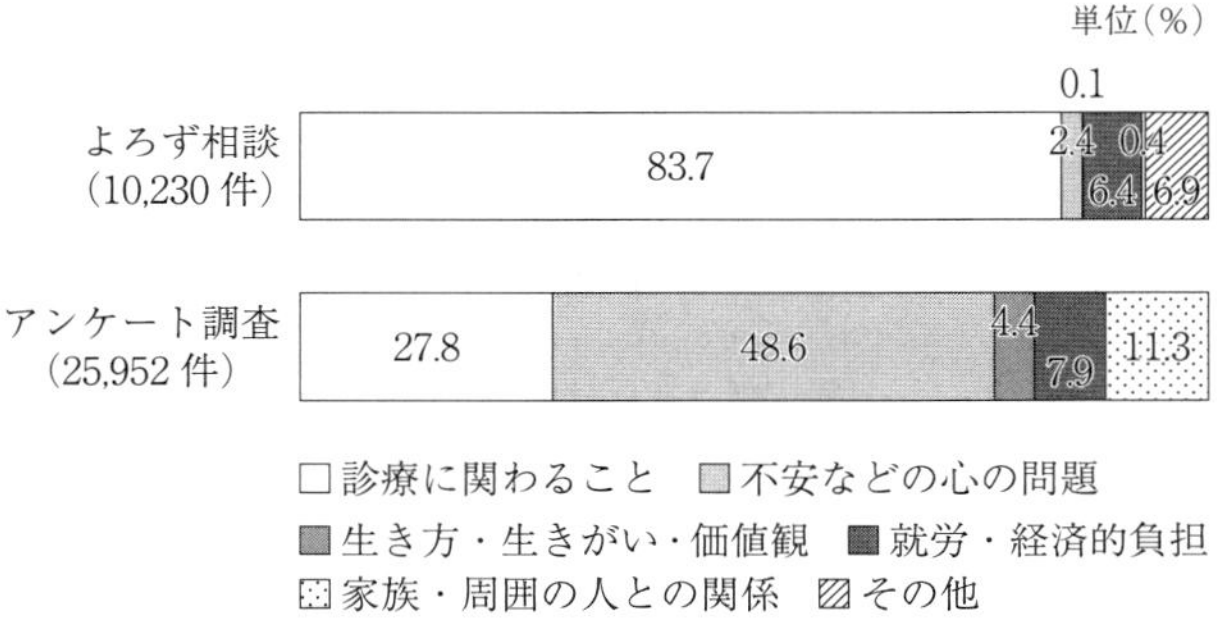

出典：「2003年　がんと向き合った7,885人の声」静岡県立静岡がんセンター

図3　よろず相談とアンケート調査結果の比較

ールを収集し、開発していくことが重要である」と至極冷静に述べている。さらに、この結果を受けて二〇一三年調査では「自分なりにどう対処したか」という質問と、「悩みや負担を和らげるために必要と思われる情報や支援」についての質問が追加されている。

もうひとつ、二〇〇三年調査結果で興味深かったのが、「がん患者の悩みには、『相談する悩み』と『相談しない悩み』の二種類がある」という指摘である。静岡がんセンターでは開院から「よろず相談」を行っているが、二〇〇二（平成一四）年九月〜二〇〇三（平成一五）年一二月までの一万二三〇件の相談内容をアンケート調査結果と比べ、そこには大きな差があることがわかった（図3）。

その分析は、次のように述べられている。

解決できそうな悩みは相談されるが、解決が難しそうな問題は相談されない

二〇〇三年調査は患者の悩みを四つの柱に分類分析し（静岡分類）、成果は二〇〇七年施行の「がん対策基本法」や、そのほかのがん施策に大きく寄与したという。二〇一三年調査の結果では、二〇〇三年に比べて「心の苦悩」の比率が減少し、「身体の苦痛」、なかでも化学療法の副作用の負担が増加しているのが特徴である。この一〇年で法律の整備や相談機関の充実などがあり、「心の苦悩」には対応策が講じられていること、化学療法が進歩したことでその患者数の増加と治療年数の延長が著しいことが二〇一三年調査には現れている、と分析されている。

だが、本当に相談機能は充実しているのか？　また二〇〇三年調査が指摘した「相談されない悩み」は、患者にどのような負担をもたらしているのか？

実際、今の自分を考えてもまわりにどのような制度があるかは、わかりにくい。がん医療のなかには「緩和ケア」「精神腫瘍科」そして一般的な「精神科」「心療内科」もある。このほかには「がん哲学外来」などもあるらしい。

しかし、自分は、どこ行けばいいのか、じつはよくわからない。

日本のがん対策は「がん対策基本法」により、具体化し進展したといわれる。「がん対策基本法」とそれに基づく国や都道府県の基本計画においては、がん診療拠点病院など医療機関の整備、化学療法や放射線治療の強化、早期からの緩和ケア、と並んで相談支援の強化も位置づけられ、「がん相談支援センター」の設置がすすめられた。

「がん相談支援センター」は「患者、家族、国民からがんに関する相談を受け、情報を伝える最前線の窓口」（八巻知香子、高山智子「がん診療連携拠点病院『がん相談支援センター』における院内外への周知の取り組みに関する検討」『医療と社会』24巻（2）、二〇一四年）であり、私はその定義からワンストップでがん患者の多様な相談に応じることになっている場所だと思っていた。しかし、その一番の課題は「知られていない」ことだという。国立がん研究センターの八巻知香子氏らは、「実質上機能していない」「使いたくてもアクセスできない」（小川朝生「【精神疾患地域連携クリティカルパス】がん領域における精神心理的ケアの連携」『日本社会精神医学会雑誌』22巻（2）、二〇一三年）などの厳しい評価を引用しながら「設置された相談支援センターが必要な人に活用されうる状況を整えることが喫緊の課題となっている」と述べている。

国の施策として相当の年月が経過しながら、「知られていない」ことが課題だということに驚いてしまうのだが、じつは「知った人」や「利用した人」が次にまた「行きたくなる場所かどうか?」も大きな問題なのではないかと思う。

実際、私はあるがん診療拠点病院の「相談支援センター」を訪ねてみたことがあるが、残念ながら「リピートしたい」とは思えなかった。決して対応してくれた人に問題があったわけではない。私は抗がん剤を服用しながらの復職についてアドバイスを得たくて訪ねたのだが、がん専門看護師の相談員は、予約もなく訪ねた私を快く迎えてくれて、相談に乗り、背中を押してくれた。しかし、古ぼけた扉には味気ない看板だけがかかっており、なかはうかがい知ることができない。ためらいながらその扉を押すと、さらに暗い部屋があり、通された相談室にはまったく窓がなかった。のちに化学療法室で出会うことになる各種のパンフレット、ウィッグや帽子などの見本、レシピ本や雑誌のがん特集号など、すぐには必要でなくても手に取りたくなるような「情報源」も用意されていない。専門の相談員がいても、そこは快い雰囲気の場所ではなく、情報に満ちた場所でもないのだった。

比べる対象として不適切かもしれないが、私はその後訪ねたウィッグ業者のサロンと、このがん相談支援センターの余りの差に驚いた。こうしたサロンを構える業者のウィッグは数十万円する買い物なので、比べることには無理がある。しかし、そこはウィッグや帽子、外見ケアのさまざまな見本のほか、前述したようなパンフレット、雑誌、がん患者向けのイベント情報などにあふれ、ゆったりした光といい匂いにつつまれており、相談や髪の手入れの合間にはお茶が出てくる、「心地よい空間」だった。そして、ターミナル駅至近の雑居ビルにありながら、ビルの外やエレベーターのなかには一切の看板を出さず、「医療用ウィッグ」のサロンであることは、そこに足を踏み入れなければわからないようになっている。まだまだ、がん治療をオープンにしていない患者に対する配慮である。

また私の通った病院の化学療法室には、情報があふれ援助してくれる看護師の熱気であふれている。体調や痛み、心理的なことを毎回質問され治療上の配慮があるが、長時間の相談の暇はない。ウィッグサロンにも、情報はあふれ、また来たいという心地よい雰囲気がある。しかしそれは商業的なサービスであり、当然利用者の払う代金で成り立っている。がん相談支援センターには、専門性を持った相談員がいるが、そこは「人通りの少ない路地の奥にある、知られていない店」であり、情報性に乏しくリピートしたい雰囲気はない。たまたま患者として三つの場所を経験したにすぎない私は、この三つの〝いいとこ取り〟をした場所ができないものなのか？　と考えてしまった。

そんなことを考えていたある投薬日、私は「味覚障害がひどいので、この暑いのに毎朝雑煮を食べているんです」と化学療法室の看護師さんに愚痴をこぼした。すると、「お餅は栄養も消化もいいから、それはいいですね！　ほかの患者さんにも教えてあげよう……。ほんとはそういう話をお互いにできて、ちょっとお茶でものめる場所があるといいんだけど……」と薬の準備をしながら、彼女がつぶやいたのだった。「そうですよね！　この化学療法室の前にそういう場所があればいいのに！」と言いながら、私は患者の多くが行き来し、プライバシーを隠す必要がない化学療法室の至近に「相談支援室」という名の、お茶も飲めてゆっくり座れる、窓のある、心地よい部屋があり、そこに専門看護師や緩和ケアの医師や看護師がいてくれるような場所があればいい、と夢想した。

がん相談支援センターを周知する策として、専門家は「主治医から紹介してもらう」という項目をあげている。しかし、何でも主治医から、というのはもうやめたほうがいいのではないか。主治医は治療の要として忙しい。患者の「相談」は、「相談」の専門家が要となって、場所を工夫したり、情報を集め、待ちの姿勢ではなくイベントを通して患者にアクセスしたりして充実させられないだろうか。看護師、栄養士、心理士などさまざまなプロフェッショナルがいるはずだ。

そしてもっとも重要なのは「患者が求める相談とは何か」を考えることだと思う。静岡がんセンターの調査が明らかにした「相談できない悩み」とは何か？　患者自身が一人で解決する悩みと、それを支える方策とは何なのか？

7　「相談の場」と「治療の場」

「昔は、病院で見つかって、病院で治療を受けて、その病院でずっとフォローされてて、亡くなる時もどちらかというとその病院で亡くなっていたんだけど。今はもう、ある程度治療を受けたら、ほとんど家に帰りなさいと。（中略）生活の場では不安じゃないかということがありまして、院外でそういう場（患者を支える場）がいるんじゃないかと。

医療者の立場として、そんなものがあったらいいなというふうに思っていたわけなんですけども、実際に患者になってみると、やっぱりもうそれは『あったらいいな』じゃなくて、『必要だ』ということに変わった」

（西村元一　ＮＨＫハートネットＴＶ「二人の医師の遺言」）

これは大腸がんを専門とする外科医西村元一医師の、テレビ番組での発言である。西村医師は二〇一五年に末期の胃がんと診断され、二年間闘病。「元気なふりをする患者と、わかったふりをする医師の擦れ違い」など医師から患者になった自らの経験からの印象的な言葉と、金沢市の「元ちゃんハウス」を遺し、二〇一七年に亡くなった。

私はこの発言をテレビで見た。そして、まさに彼が「必要だ」と語っていた場所の日本でのさきがけであり、この言葉自体も収録された場所——マギーズ東京へどうしても行ってみたいと思った。

東京新橋からゆりかもめに乗って三〇分、巨大な見本市会場や工事中のタワーマンションなど海上に現れた未来都市の間を進むと、築地市場の移転先として何度もニュース映像で見た豊洲新市場に着く。移転前の市場には人影もなく、外来植物がぼうぼうと背を伸ばした空地脇の歩道に立つと、アスファルト道路から熱気が吹きつけた。この日東京は「生命に危険を及ぼす暑さ」と気象予報士が繰り返していた酷暑。副作用が収まっている日を選んで家を出てきたとはいえ、ちょっとクラクラしながら運河のほうへ歩き出すと、足元に草花の苗が植わっている土の一角があり、マギーズガーデニングクラブという小さな札がある。目を上げると二〇メートルほど先に、植込みの樹木と平屋建てが見えた。

「暑かったでしょう!! 冷たいものをまずどうぞ、何がいいですか?」

ガラス扉の玄関のドアを開けようとすると、窓のなかから私の姿が見えていたのか、すでにスタッフが大きな声で迎えながらドアを開けてくれた。初めて訪ねる私に「どこの誰が何をしに来たのか?」という誰何はまったくない。「患者の坂井と言いますが……」という言葉を飲み込み、こんな風に迎えてもらえるのか……と驚きながらなかに入ると、いくつかの紹介記事やHPで見ていた「居心地のよい」空間が広がっていた。

大きなテーブルや壁沿いのソファ、奥まったコーナー、たくさんのクッション……そこここにひとりで、また数人で座っている人がいて、ある人はお茶を飲み、ある人は本に目を落とし、ある人は涙を流しながら話していた。誰もお互いを詮索しないが、みな、がん患者とその家族や友人たちだった。予約もいらないし制限時間もない。寄付、チャリティーで運営され、利用は無料。相談したいことがあれば看護師や、心理士、ソーシャルワーカーが常駐し、話を聞いてくれる。相談が特になくても、ただ、居てもよい。

病院や相談機関を訪ねようとするとき、患者は「紹介状」、「検査画像」、「診療情報提供書」を主治医に依頼し、予約も自分でとってから、書類を持って病院の初診に並ぶ、というシステムになっている。もちろん緊急対応をしてくれる場合もあるが、それが原則だ。そもそも患者は身体の具合が悪い。また主治医がすぐに紹介状を書いてくれるかといった不安から躊躇する人も多い。「相談」できる場所にたどりつくまでのハードルは、患者にはとてつもなく高い。ここにはそれがない。

マギーズ東京のHPには、以下のように書かれている。

がんになった人とその家族や友人など、がんに影響を受けるすべての人が、とまどい孤独なとき、気軽に訪れて、安心して話したり、また自分の力をとりもどせるサポートもある。

それがマギーズ東京です。

自然を感じられる小さな庭やキッチンがあり、病院でも自宅でもない、第二の我が家のような居場所。海風を感じながら、自由にお茶を飲み、ほっとくつろいでみませんか。

なぜ、マギーズという名前なのか。それはこの活動を始めたイギリスのマギーさんという女性に依っている。HPをもう少し引用する。

造園家で造園史家でもあったマギー・K・ジェンクス氏は、乳がんが再発し「余命数ヶ月」と医師に告げられた時、強烈な衝撃を受けたといいます。にもかかわらず、次の患者がいるのでその場に座り続けることが許されませんでした。その時、がん患者のための空間がほしい。あと数ヶ月と告げられても生き続ける術はないかと、担当看護師のローラ・リー（現CEO＝最高経営責任者）と必死に探したそうです。

「自分を取り戻せるための空間やサポートを」マギーは、がんに直面し悩む本人、家族、友人らのための空間と専門家のいる場所を造ろうと、入院していたエジンバラの病院の敷地内にあった小屋を借りて、誰でも気軽に立ち寄れる空間をつくりました。その完成を見ずに一九九五年、亡くなりましたがその遺志は、夫で建築評論家のチャールズ・ジェンクス氏に受け継がれました。一九九六年に、「マギーズキャンサーケアリングセンター」としてオープンしました。

この遺志に共感し、日本での開設に奔走したのが長く訪問看護師を務めている秋山正子さんである。秋山さんは民間放送局の報道記者であり乳がんサバイバーである鈴木美穂さんとともにNPO法人マギーズ東京を設立し、二人が共同代表となっている。

私は、この七月酷暑の日、運よく秋山さんにお目にかかり、お話を伺うことができた。マギーズの壁に沿った長いソファで、私はお話を伺う、というより、ごく自然にこれまでの病状について、自分が話していた。そしてそれがひと段落するころ、ようやく聞いてみたかったことを口にしてみた。

――患者にとって、〝心の問題〟を相談できる場所は本当に少ないのではないでしょうか？

秋山さんは、まず「相談に診療報酬がつかない」という医療制度の問題を指摘したうえで、いまの「過渡期」ともいえる外来中心のがん医療の状況に患者が追いつけていない、そのための援助が少ないということを指摘されたように思う。

「私はずっと、終末期の患者さんを自宅で看る訪問看護師ということをしてきて、もう人生の最期という方とたくさん会った。でも、その前の段階で、もっと支えられないものか、とずっと思っていたのね。

いまは、全がんで一〇年生存率五八%の時代なのです。つまり、がんとともに生きる時間が長くなった。これはすごいこと。

だからそこを支えたいと思いました。

でも、いまの医療現場はスピードアップしているでしょう? 病名を言われたり、治療法の選択を迫られたりしても、そこですぐに答えなきゃならない。ちょっと家に帰って家族と相談して、なんていうスピードじゃないことも多い。それに応えられる〝患者力〟を要求するいまの医療現場に、ついていけない人もいるのです。ここに来る患者さんのなかには、何を聞かれたのか、医師の言っている言葉そのものがわからない、という人も数多くいます」

——私のがんのようにそれほど長く生きられない人もいるし、がんと告知されて以降の治療や生き方は多様化している。そこに追いついていないということでしょうか？

「そうね……」。秋山さんは私の言葉を否定しなかったが、ちょっと考えて言った。

「生き切る、という意味での援助が足りない、ということかな」

私には、「生き切る」という言葉が強く印象に残った。

秋山さんは、そんな話をしながら、私の身体に冷房の風が当たり過ぎないかを気遣い、お菓子を勧め、さらに身体の周りにクッションを挟み始めた。まずお腹の上に……「これはね、まずお腹を冷やさないことが大事なの」。話も、手の動きも止めずに、さらに背中にひじの下にお尻の脇に……長椅子に並べてある色とりどりの、形もさまざまなクッションを秋山さんはどんどん持ってきて私の身体を支える寝椅子のようにしてしまった。身体全体が支えられて、ものすごく気持ちがいい。

「生き切る」という重要な言葉の意味を知りたい。しかし、忙しい秋山さんを独占しているわけにはいかない。私はもう少し話したかったが資料をもらい、「勉強します」とお礼を言った。秋山さんは立ち上がると、帰り際の私をリビングルームに案内しながら、樹齢三〇〇年というアフリカンチェリーを大きな一枚板にしたテーブルを愛しそうに撫でた。「木場の倉庫に眠っていたんだけど、材木組合の方や大工さんたち、多くの人が手を尽くしてくれてここにきたんです」という。またその天井にかかる柳宗理のデザインによる和紙の照明についても話を付け加え、「ここの机や椅子には、全部物語があるのよ」と言った。

「物語」とは何か？　多くの人の思いの集積のようなものだろうか？

この「居心地のよさ」、「気持ちよさ」はなぜ、味わえるのか？

そして秋山さんの言う「生き切る」とは、どういうことなのだろう？

いくつも聞いてみたいことがあったがもう、時間がない。それに、簡単に「AはBです」と答えられるものではない。というより、それは自分で考えなければならないのではないか？とも思った。私は「また来ます」と言って、出口の扉を押した。

そして、その翌日。またまた猛烈な酷暑だったのだが、私はマギーズを再訪していた。マギーズの「心地よさ」を、もう少し味わいたいと思った、そして、それはどのようにして成り立っているのか、もう少し考えてみたかった。

この日は午後に来訪者の参加できるリラクセーションのグループプログラムがあり、ちょっと体力に自信がなかったが予約もいらず、途中入場・退出もあり、と聞いて行ってみることにした。普段、談話用のテーブルとイスが置かれている部分を少しあけると一〇人ほどがヨガをできる空間ができていた。看護師のインストラクターによるグループプログラムがゆったりと、一時間半ほどつづいただろうか、私はさすがにちょっと疲れてしまい、終了後「昼寝させてください」と言って、隅の大きな寝台のようなソファで寝転んだ。するとインストラクターをしてくれていた看護師さんがどうぞどうぞ、といって、また秋山さんが前日にしてくれたように私の身体の下にたくさんのクッションを埋め込んでくれたのだった。

気持ちがいいのと疲れたのとで、そこで一時間半ほど眠ってしまった。東京江東区の埋め立て地、一歩外に出れば熱風と、巨大工事のクレーンの音、そこに向かうトラックの砂塵が舞いそうな場所である。しかし建物の向きなど場所の工夫、建築や建材の工夫なのか、まどろんでいると窓の外の小さな木々の揺れる音や、来訪者たちの静かな声しか聞こえない。不思議な空間だ。

この「空間」の「居心地のよさ」はどこから来るのか？

しかしこれは、なんとなくつくられた偶然の産物でも、ものすごくセンスのよい天才によってつくられた奇跡の場所でもない。がん患者のために知恵を絞り、それを継承して実現してきた人たちの「心から欲しいものの具体像」なのだと思う。私は夢うつつに風や人の声を遠くに聞きながら前日に資料として買った建築専門誌の記事を思い出してそう思った。

表　マギーズセンターの建築要件

1	自然光が入って明るい.
2	安全な(中)庭がある.
3	空間はオープンである.
4	執務室からすべてが見える.
5	オープンキッチンがある.
6	セラピー用の個室がある.
7	暖炉がある. 水槽がある.
8	ゆったりとしたトイレがある.
9	建築面積は, 280 m² 程度.
10	建築デザインは自由.

チャールズ・ジェンクス氏, 作成
佐藤由巳子氏, 訳

造園家だったマギーと、建築評論家の夫チャールズは、マギーズセンターに一〇項目の「建築要件」を課している(表参照)。世界中にいま、二〇か所以上になろうとしているマギーズセンターは具体的で、厳格な「要件」と、それをベースに現地の人たちの思いで「自由に」デザインされる部分の集積で成り立っている。

マギーの気持ちの強さと実現力は素晴らしいが、秋山さんも凄い。秋山さんはマギーズを知ってすぐに渡英するが、そのとき建築家でアート・コーディネーターの佐藤由巳子さんを誘っている。その決断もマギーズ東京実現の大きな力となっていったと思われるが、秋山さんは、佐藤さんらとの対談で次のように語っている。

……本当は何が大事かというとまずは「対話」なのです。人と人とがよく話をしながら合意を得ていくというプロセスこそが大切であり、それが今の医療に欠けているものなのです。そのためには、当事者の思いや経験をきちんと聞き取っていく力と空間が必要になります。

（「鼎談：対話と自立のための空間」『新建築』、二〇一七年一二月）

マギーの親友、マーシア・ブレイケンハムさんは次のように書いている。

がんは、最初は一九八八年に、次に一九九三年に、そして一九九五年四月にマギーを脅かしました。しかし、彼女は「がんに自分の人生を圧倒させはしない」と決意していました。

彼女は、いかに容易に「生きる喜びが、死への恐怖によって失われてしまう」かをよく知っていました。そして彼女は最期まで、自分の喜びを手放すことはありませんでした。

（マギー・ケズウィック・ジェンクス『a view from the front line　最前線からの眺め』日本語版発行 NPO法人マギーズ東京）

マギーは病院の「蛍光灯の冷たい光」や「みすぼらしい椅子」がどれだけ患者を疲弊させるか、「待合室は致命傷にもなる」とも書いている。マギーは自分の生きる喜びをうばおうとするものを遠ざけ生きる喜びを感じるために発言し、発想し、空間を作り上げた。そこには非常に深い思考と強い熱意、実現への具体的な道程がある。思考と発想があっても、ものごとを実現してゆくことはむずかしいが、「いかにして」というところまで考えて動いたところがマギーとその後継者たちの凄さなのだと思う。

そこに思い至らせてくれたのは朝日新聞に掲載された、生物学者福岡伸一さんのコラムである。福岡さんのコラムはもちろん、マギーやがん患者とはまったく関係ないことを書いているのだが、私にとって重要な示唆に富んでいた。

ｗｈｙ疑問文は大きい問いであり、深い問いでもある。なぜ私たちは存在するのか、なぜ地球はこんなに豊かな生命の星になったのか。なぜ家族を作るのか、科学や芸術を含む人間の表現活動は、究極的にはｗｈｙ疑問に対する答えを求める営みだ。しかしここに落とし穴がある。大きな問いに答えようとすれば、答えは必然的に大きな言葉になってしまう。大きな言葉には解像度がない。たとえば「世界はサムシング・グレイト(偉大なる何者か)が作った」のように。それは結局、何も説明しないことに限りなく近い。

(「(福岡伸一の動的平衡)問い続けたい『いかにして』」二〇一八年六月七日)

なぜ、マギーズは居心地がいいのか？　の答えの一つは、身体の下のクッションの集積だと思う。色とりどりのクッションが、テーブルやイスが、お茶の香りが、いかにして、の答えであり、その解像度の高い小さな問いと実現が、イゴコチ、という大きな答えを導き出す。では「生き切る」という大きな問いにはどう近づけばいいのか？　それはまだ、宿題のままである。

マギーの言葉のなかで最後に紹介したいのは、次の言葉である。

まず、どの患者も「残された命は、三〜四か月です」と聞いたあと、何の質問もさせてもらえないまま、「廊下の椅子に座っていてください」と言われるべきではありません。それがどんなに優しい言い方であっても、そして病院のスタッフがどれほど過剰労働であったとしても。たとえ原発性乳がんのように、少しは希望のもてる診断であっても、ほとんどの人は家に帰って洗い物をする前に、それを受け入れる時間が必要です。（前掲書）

患者のひとりである私は、マギーズ東京が、治療中のがんばる患者、よき家庭人、よき社会人、そのすべてを休める場所として、また休んでから戻っていくときにエネルギーをチャージしてくれるところとして、いまの日本に在《あ》ってくれることにとても感謝する。患者は治療をがんばりたい。ふりと言われてもがんばりたい。そして、家で洗い物をする、掃除をする、食事を作る、なんでもない会話を家族とする、そういう日常がどれだけ大切か、それをどれほど失いたくないかを毎日感じている。それが大事であるからこそ、洗い物をする前に時間と場所が必要なのだと思う。

マギーズ東京の土地は、二〇二〇年の東京オリンピックまでの限定貸借で始まったと聞く。建設も運営も寄付にもとづくが日本では寄付文化が浸透しているとはいえない。また江東区豊洲は、国立がん研究センターやがん研有明病院など、がん専門の大きな病院に近く、立地がいいとはいえ、一か所では足りない。この節の冒頭の西村医師が「必要」であり「もっとたくさん」と願ったように、マギーズやマギーズのような場所は私たち患者にとって必要不可欠なものだ。

III

いのち
――ずっと考えてきたこと

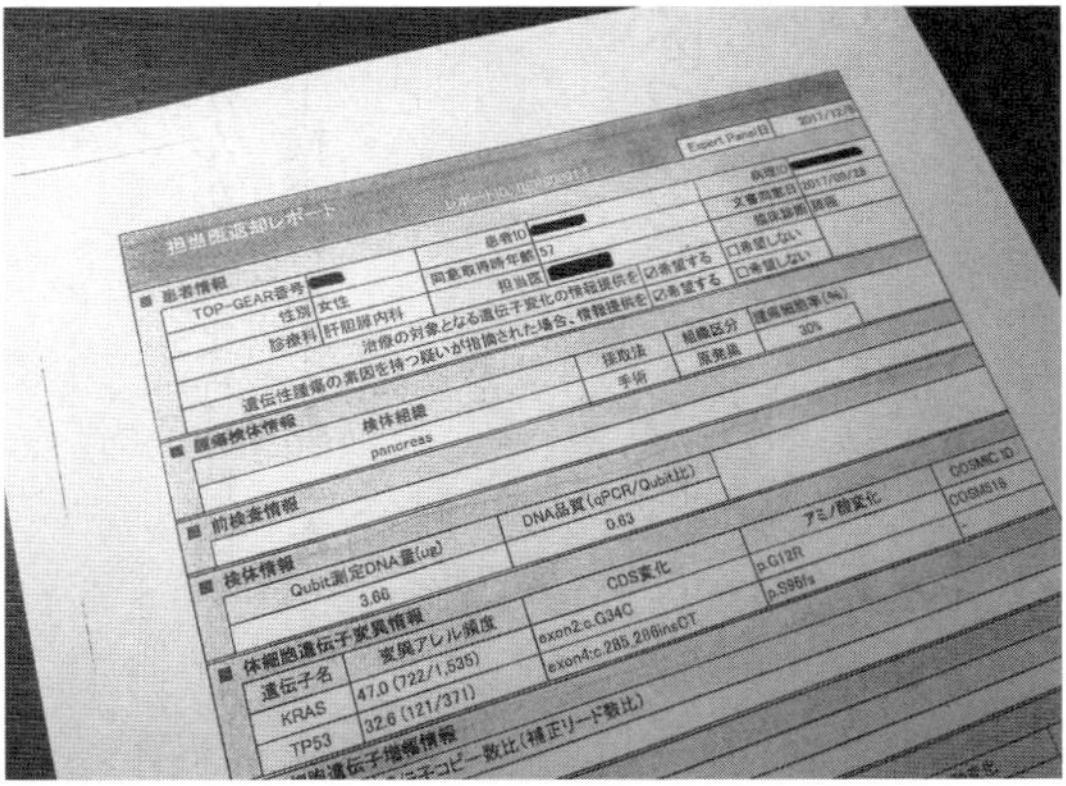

手渡された遺伝子検査結果

1　遺伝子検査を受けて突きつけられたこと

二〇一八年一月、私は国立がん研究センターで、自分のがんがどのような遺伝子変異によって引き起こされているのか、それを知るために受けた遺伝子検査の結果を聞いた。

「非常に典型的な膵臓がんの遺伝子変異です。それで……」

ちょっと間があって医師は言った。

「使える新しい治療薬はいまのところありません」

予想していた結果とはいえ、私が、失望の色を隠せなかったのだろうか、医師は続けて言った。

「しかし、いま世界中で膵臓がんの治療薬を研究していますから……」

私はもうひとつ、気になっていたことを尋ねた。

「私の子どもや血のつながった家族が同じ病気になるという可能性は、どうなんでしょうか？」

「それは無いようですね」

その日、渡された結果はA4の紙一枚だった。

遺伝子変異の欄には、KRASとTP53という二つの遺伝子変異が記載されていた。

もう少し聞きたいことがあるような気がしたが、KRASってなんですか？　などあまりに初歩的なことを聞くのもどうなのか？　普段かかっているわけでもない病院、しかも全国から患者が押し寄せる混んだ外来で、長々と時間を取るのは憚《はばか》られた。

私はお礼を言って、診察室を出た。

＊

帰り道、さまざまなことが頭に浮かんだ。

【病気の原因である遺伝子の変異はわかる。しかし治療法は無い】診断と治療の乖離。これについて私は、一九九〇年代のヒトゲノム解読ブーム時代に何本かの番組をつくり、その後もおりにふれて考えてきたテーマの一つだった。私自身がその当事者になった、ということをはっきりと自覚した。

【遺伝性ではない。しかしもし遺伝性だったら私はどうするだろうか?】 個人の遺伝子情報は個人のプライバシーであり、しかも個人を越え家族に影響を及ぼす。もしも息子や弟がこの病気になる可能性が高いとしたら? さらにその子どもにも可能性が引き継がれているとすれば? 早くそのことを知りたいと思うだろうか? 発症前に何らかの手を打てるのか? 逆にその情報が何かの不利益をもたらすことは無いのか? このことも九〇年代から何度か考えてきたテーマだった。

二〇一八年の日本は、「がんゲノム医療」の進展が華々しく報じられている。私はその恩恵を心から渇望する一人となり、同時に一九九〇年代の遺伝子解読時代から一貫して指摘されてきた遺伝子医療の課題の当事者となった。この二〇年余り、考えてきたことをここでは振り返りたいが、まずなぜ私がまだ保険診療になっていない遺伝子検査を受けるに至ったかと、現在の日本の「がんゲノム医療」の進展の概略について記したい。

膵臓がん肝転移の治療に入ったものの、化学療法の効果がはっきりと現れずに悶々としていた二〇一七年夏、私は遺伝子検査を受けることを考えていた。報道では、ゲノム医療が日本で始まろうとしていること、その象徴的なものとしていくつもの医療機関が手を結んで、「スクラム・ジャパン」という組織を作っていること、が報じられていた。それだけだったら、遺伝子を調べてもそれほど調子よく治療法は見つからないだろうと思っていた。

しかし、パンキャンジャパンという膵臓がんの患者支援団体の集まりで、アメリカFDA（食品医薬品局）が画期的な承認を出した、という情報を聞いた。これは臓器別ではなく変異遺伝子の種類によって治療薬を選ぶ、という承認を初めて出したというニュースである。免疫チェックポイント阻害剤ペムブロリズマブ（商品名キイトルーダ）が大腸がん、乳がん、膵臓がんなど複数の固形がん患者に対し効果を現す、というものであった。

膵臓がんの化学療法で使える標準治療の薬剤は、現在三種類しかなく、患者たちは分子標的薬や免疫チェックポイント阻害剤（オプジーボやキイトルーダなど）の効果を期待している。しかし、そのエビデンスは無く、保険診療にはなっていない。ネット上のがん患者のブログには、自費診療で多額の費用を負担して民間クリニックでオプジーボなどの投与を受けた体験談や、そうしたクリニックの情報を探す声、一方で重篤な副作用について危惧する声などが入り乱れていた。現状、ほとんどの膵臓がん患者にキイトルーダは効かない。しかしＦＤＡの発表を聞いて、ごくわずかでも遺伝子の変異によって可能性があるなら、調べることができないか？と考えたのである。

ではいったいどこで、遺伝子検査を受ければいいのか？

調べてみるとスクラム・ジャパンでは、二〇一三年から肺がんの症例を集めるLC-SCRUMに続き、二〇一四年から消化器がんでもGI-SCREENというプロジェクトを開始していた。

そのリストにある国立がん研究センターに電話をしてみたところ、スクラム・ジャパンの窓口は無く、自分で受けたい診療科（膵臓がんなら肝胆膵内科）の医師を指定し、外来の予約を取って説明をきいてくれ、というものだった。とはいえ、国立がん研究センターの当該科の医師に知った人はいない。普通はそうだと思う。スクラム、という割に入り口がどこかわからない。「さあどこからでもどうぞ」という感じを期待していたのが能天気ということか。

私は主治医に相談したが、主治医にも私が集めた以上の情報は無い。とにかく「遺伝子検査を受けてみる」ということだけは主治医にも賛成してもらい、患者団体が主催する会で講演を聞いたことのある著名な腫瘍内科医の名前を「知らないのにいきなり行っていいものか……」

と躊躇しながら、国立がん研究センターの予約受付で言って、外来予約を取った。

主治医の紹介状と診療情報提供書、これまでの治療経過のCD-ROMを持って、九月初診。ようやくたどり着いたと思ったら、ここで紹介された遺伝子検査は「TOP-GEAR」という国立がん研究センター独自のものだった。説明によると「GI-SCREEN」とほぼ同様で、しかも手続きが簡単」ということだった。同じようなものであればいいか？　とも思ったが、たどり着くまでに右往左往したあげく、別の検査、というのもなんだか腑に落ちない。しかも、名を連ねている「スクラム」のほうをなぜやってくれないのか、よくわからない。私はインフォームドコンセントの書類と検査に必要な組織標本の説明だけ聞いて、同意書のサインは「もう一度考えてからにします」、と言って、その場を辞した。

受ける決断さえすれば、あとは検査に必要なものは私のがんの組織標本（プレパラート二〇枚）と、私の血液一五ccだけである。国立がん研究センターの臨床試験であるため、費用負担は無い。二〇一六年に手術で摘出した膵臓がんの組織は、東大病院に保管されている。私はインフォームドコンセントの書類を隅々まで読み、主治医に再度相談。なぜかよくはわからないが同じような検査らしいので受けることにしようと思う、と言った。

検査を受ける目的は三つ。

①遺伝子変異を特定し、現在使える薬剤や新薬の治験にむすびつけること。

②遺伝性のものかどうかを調べること。

③もし、自分に使える薬剤が無くても、将来の治療法開発の研究に役立ててもらうこと。

そして、同意書と組織標本の提出をしてから三か月半後、二〇一八年一月に結果を聞いたのが、この節の冒頭の記述である。

私はその後二〇一八年二月に再再発して肝臓とリンパ節への多発転移の治療に向かうことになり、A４一枚で終わった遺伝子検査のことを顧みる暇はなくなった。

しかし、六月ごろから、「日本でもがんゲノム時代到来」との報道が相次ぎ、遺伝子パネル検査が一部の病院で先進医療として開始、近い将来これを保険収載する見込み、だという。ものすごい勢いである。

2　爆走する検査技術

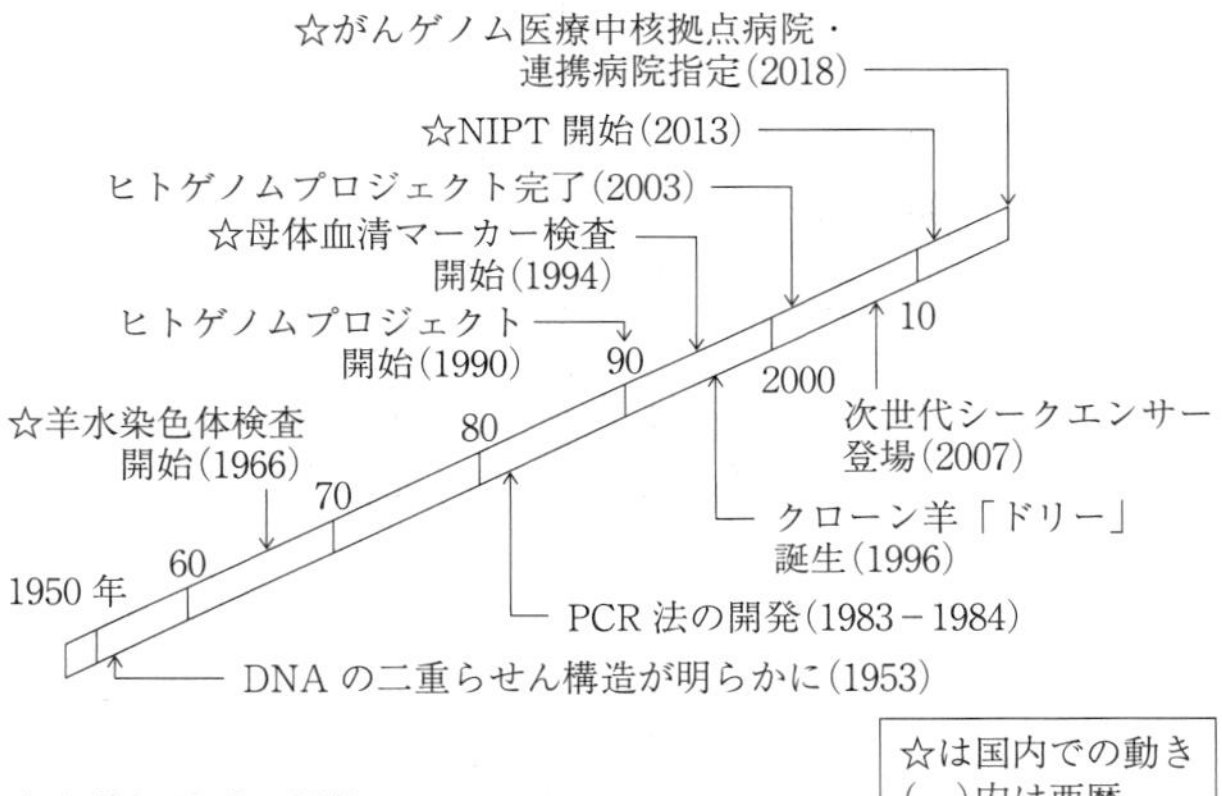

山中美智子氏，提供

図 4　本書でとりあげたゲノム解析技術と臨床応用の流れ

この「がんの遺伝子パネル検査」を成り立たせているのは「次世代シークエンサー」による解析技術である(図4参照)。

人のDNAは六〇兆個と言われる人体の細胞のひとつひとつの核という部分に、染色体の形で折りたたまれて並んでいる。その構造は、有名なワトソンとクリックによってATGCの四つの塩基の二重らせん構造であることが一九五三年に解明された。しかし塩基がどのように並び、どの部分が病気を引き起こしたり、体の特徴を決めたりしている「ヒト遺伝子」であるのかについては謎であった。この謎を解明すべく、一九九〇年に塩基配列すべてを解読するヒトゲノム計画(プロジェクト)が、世界各国の協力で実行に移されたのである。

二〇〇三年、ヒトゲノム計画は予定より早く完了し、三〇億対の塩基配列すべてを確定するとともに、さまざまな「遺伝子」と呼ばれる「塩基配列のグループ」がおよそ二万二〇〇〇個あることが確かめられた。

日本からこの計画に参加した榊佳之氏は、ヒト遺伝子の姿をとらえることに貢献した二つの革命的なできごととして一九七二年の遺伝子組み換え技術と、一九七七年のDNAの塩基配列決定技術（DNAシークエンシング）を挙げている。このシークエンシングを行う技術が、ヒトゲノム計画の進展とともに大きく変貌を遂げた結果が「次世代シークエンサー」の開発である。塩基配列を解析するシークエンス速度は、激しく高速化し、それにともなってコストも下がってきているという。

では、廉価で高速にゲノムの解読ができるようになったことで何が変わったのだろうか。

（注）筆者は、急速に進む遺伝子解析技術の革新によってもたらされる遺伝子検査の時代が、私たちに何をもたらすのかを、書き進めたいと願っていた。注目を集める「がんゲノム医療」の恩恵を切望する一人として、もう一方で、生命誕生の現場で先行して進められてきた、遺伝子解析を用いた出生前診断の危うさを、長年、取材者として見つめてきた立場から。遺伝子検査の時代に危うさはないのか、当事者の視点からあらためて問い直したいと願っていたからだ。

しかし、残念ながら、筆者自身の病状の進展で、この仕事は未完のまま遺されることとなった。以下は、筆者がこのことを考える手がかりとして残した、「出生前診断」についてのこれまでの論考、未発表の原稿である。コラムの文章は、関係者の方々と相談を重ねて、紙幅のこともあり抜粋してここにおさめた。

なお、この本の最後におさめた「透き通ってゆく卵」は、筆者ががんと診断される直前まで手掛け、闘病のため出版を断念した書籍のために書かれたものである。専門的でむずかしい部分も多いが、筆者が見つめていた世界を読み解くヒントが含まれると考え、あえて巻末に入れることにした。

遺伝子検査によって、様々な病気の可能性を簡単に知ることができる時代は、すぐそこまできている。しかし、病気の可能性がわかっても治療法はない、ということも少なくない。可能性がわかっても発症するかどうか断定できないケースもある。病気に結びつく遺伝子をもっていることが、人生に不利にはたらくことがあるかもしれない。「がんゲノム時代」の未来を、どのように考えたらいいのだろうか。「3　いのちの尊さとは何だろうか」は、最後の病床に、原稿執筆のためのメモとして残されたものである。

（編集部）

コラム　命に序列をつけることへの誘惑

私たちは誰しも、たったひとつの受精卵から細胞分裂を繰り返し、やがて母の子宮からこの世に生まれ出て、それぞれの人生を生きている。

誰もが通ってきた「生命誕生」の現場――その場所にはいま、さまざまな技術が投入され、さらなる開発と革新はやむことがない。精子と卵子の偶然の出会いであったはずの「受精」は体外で人工的に行うことが可能となり、作られた受精卵も、子宮内の胎児も、その「質」を調べることができる。つくることや調べることができるようになれば、必然的に「選ぶ」ことができるようになるし、これらをひとにあげることや、「子どもを産む」という目的以外に使うことも、技術的にはできるようになっている。

これらは「福音」と言われる。

――あなただって使いたいでしょう？

だが、人ひとりの選択としても、社会が技術を受け入れるかどうかの判断としても、これは、そんなに勝手に決めつけられるほど簡単なものではないのではないか？

（二〇一六年一月執筆）

おなかのなかで赤ちゃんが育ってゆく、およそ一〇か月。女性はその一〇か月を、どのような気持ちで過ごすのだろうか。いま、出生前診断技術の進展によって、赤ちゃんの「情報」が次々ともたらされるようになり、生命誕生の現場が変わりつつある。

☆

「出生前診断」とは、生まれる前に胎児の状態を診断することである。この技術の登場により、「子宮はもうブラックボックスではなくなった」といわれるようになって久しい。一九六〇年代以降、超音波技術が赤ちゃんの様子をモニター画面に映し出すようになり、それと相前後して「羊水検査」が登場した。子宮に針を刺して羊水をとり、そのなかに含まれる胎児細胞を分析する。はじめは染色体、やがて遺伝子が、分析の対象となっていった。

こうした出生前診断技術(はじめは胎児診断と呼ばれた)は、登場したころ、胎児の段階で病気を発見し、治療することができる技術だと盛んに語られていた。しかし実際には治療不可能な「病気」や「障害」が見つかり、それを理由に胎児を中絶することに結びついていった。一九七〇年代、医学は、中絶によって障害や病気を持った子が生まれてこなくなることを「出生予防」と呼び、治療できないものは予防するのが次善の道である、という考え方に基づいて、「この技術は人類の福音だ」と語った。

しかし、この技術は「生命を選んでよいのか」、「自分の赤ちゃんをその生命の質によって選ぶことができるのか」という大きな問題を私たちに突きつけたのである。

技術が登場して三〇年。日本の出生前診断は、私がこの問題を取材しはじめた一九九六年、二つの意味で大きな転機を迎えようとしていた。ひとつは妊婦の血液検査「母体血清マーカーテスト」の登場であり、ひとつは遺伝子診断、特に「受精卵着床前診断」の研究開発である。

母体血清マーカーテストは、……複数のタンパク質やホルモンの値から、胎児の障害(染色体異常の一部や神経管閉鎖不全症の一部)の可能性を推定するものである。……診断の入り口が普通の血液検査となったことは大きな転換である。

これまでは、高齢出産や親族に障害を持った人がいるなど「限られた人」が出生前診断(主として羊水検査)を受けると認識されていた。しかし……この母体血清マーカーテストを広めようとする医師たちは、「誰もが受けられるのが長所である」、あるいは「誰もが診断のターゲットになる時代であり、のどかな時代は終わった」と語った。……九六年春には複数の検査企業によってこの検査が商品化され、急激な勢いで普及を始めた。マタニティ雑誌は競ってこの商品を「新しい検査」と紹介した。

一方、世界的な流れで見ると、一九八〇年代末〔原文ママ〕に始まった「ヒトゲノム計画」が、このころ一段とそのスピードを増して研究の成果を上げつつあった。「ヒトゲノム計画」とは、三〇億対あるヒトのＤＮＡの塩基配列をすべて明らかにしようとする国際的な巨大プロジェクトである。世界中で人のＤＮＡの解読が進み、病気の原因となる遺伝子も数多く発見されはじめた。

こうした遺伝子研究の結果と、不妊治療の技術「体外受精」が結びついたのが、「受精卵着床前診断」である。これは、体外受精で得られた受精卵の遺伝子を調べ、問題のない受精卵だけを選んで子宮に戻すという技術で、日本では一九九三年にはじめて臨床応用が申請され、議論を巻き起こしていた。

母体血清マーカーテストと、着床前診断。前者は「より多くの人に」という検査であり、後者は「より早く、より正確に」という検査であるともいえる。

……生命誕生の現場に新しい技術が登場することで、「生命」や「子ども」に対する価値観は揺らがないのか、私はそのことの意味をきちんと取材して考えたいと思うようになった。

しかし……出生前診断問題はもう解決したという論調が、九〇年代に入って強まっていた。

「検査は受けたい人が受ける。それによって障害者差別は起こらない。なぜなら、検査は検査として充実させ、障害者福祉は福祉として充実させればいいのである」

別の言い方をすると、

「すでに生まれている障害者の人権・尊厳は最大限に守る。だが、これから生まれてくることは防ぐ。この二つはぶつからず、両立しうる」

という「ダブル・スタンダード」とでもいうべき論理が、倫理学の専門家やマスコミの論調に見られるようになっていたからだ。

「欧米を見よ、もう胎児条項を作って合法的にやっている。日本は遅れている」という海外の動向を引きあいに出す人もあった（胎児条項とは中絶を認める法律的要件として「胎児に障害があるとき」という項を明記することである）。検査を開発、推進しようとする人々の論文には「批判はなくなった」、「市民権を得た」という見解が登場し、「誰だって健康な子を望んでいるのだから良いのだ」、「市民は受けたがっている」と解釈する空気が満ちはじめていた。

だが、私の心のなかにはややもやしたものがあった。みんな本当に受けたいのだろうか。できるなら赤ちゃんは健康で生まれてほしいという思いと、検査があれば受けて調べたいという気持ちはストレートに結びつくのだろうか。そして社会には、そんなにすっきりとダブル・スタンダードが成り立つのか。

実は何も解決していないのに、そこへ母体血清マーカーテストによる診断の大衆化が起き、着床前診断の登場で超早期の生命選択が行われる。これらの動きは、私たちの社会に取り返しのつかない大きな問題を引き起こさないのか。

妊娠は自分の体が自分のものであって自分のものでない、不思議な体験である。食の好みも変わり、

「徹夜しても大丈夫」などという日頃の体力への自信はどこかへふっとんでいってしまうなかで、赤ちゃんのことは喜びであるとともに、常に心配の種でもある。

そして、いまそこに「検査」がやってくる。

この三年間で母体血清マーカーテストはどんどん広がり、最近では妊娠した友人や同僚から、「実は受けた」という話を聞くようになった。かつて「先端医療」であり、取材のために受診者を捜すのが難しかった出生前診断は、いま身近な一般医療へと近づく兆しがある。

（『ルポルタージュ　出生前診断――生命誕生の現場に何が起きているのか？』NHK出版、一九九九年より抜粋して転載）

☆

ある物質が登場する。出生前診断の現場を激変させた物質「AFP＝α《アルファ》フェトプロテイン」である。

……このAFPと胎児の障害についての関係を初めて明らかにしたのがエジンバラ大学の遺伝学者デイビッド・ブロックであった。

私は一九九七年の一二月にスコットランド・エジンバラを訪ね、当時遺伝学部長をつとめていたデイビッド・ブロックにインタビューした。ブロックがこの研究成果を発表したのは一九七二年、論文は同年のランセット誌に掲載された「無脳症と二分脊椎の出生前診断におけるαフェトプロテイン」である。スコットランドをはじめイギリスでは無脳症と二分脊椎の出生頻度が高く、妊娠中にこの病気を診断する方法がないか探究を重ねた末の「革新的発見(本人の弁)」であった。

研究の動機は「個人的体験だ」とブロックは語った。彼の同僚に若い産婦人科医がいて胎児の様子を観察する技術を開発していたが、あるとき、無脳症の子を産んだことがあり、また今度の子も無脳症ではないかと心配している、ひとりの妊婦がやってきた。その同僚医師は胎児を観察する鏡を子宮にいれて診察し、障害はないと太鼓判を押したが、生まれた子は無脳症だった。

「同僚は動転して私のところへやってきて『私の技術はダメだ。何かもっと良い技術を開発してくれないか』と言ったのです。たぶん、私が若かったせいでしょう、何でもできるという自信に溢れていたので、『OK! 何か開発しよう。私に任せてくれ』と言いました。ですからこれはすべて、ある同僚の苦悩とある妊婦の苦悩、そしてひとりの青年の何でもやれるという自信から始まったのです」。ブロックは七二年の記念すべき論文=ランセット誌の別刷りを棚から出して私たちに見せながら、発見当時のことをこう話した。

動機となった個人的エピソードは印象的だが、その背景には当時この同僚医師が遭遇するような神経管閉鎖不全(無脳症と二分脊椎)のスコットランドでの多発があり、医療現場全体を覆っていた大きな苦悩がある。一九五〇年代までは治療法がないとされたが、「シャント手術」が開発され、脳室から心房へ、あるいは脳室から腹腔へと脳脊髄液の流れをつくることができるようになった。手術によって多くの命が救われるようになったのだが、その結果各病院では治療方針をめぐって大きな問題と直面するようになる。同じ神経管閉鎖不全でも症状の差が大きく、治療効果があがる場合とあがらない場合の差が激しいのが理由だった。

有能なふたりの小児科医、ジョン・ローバーとロバート・ザカリーを擁するシェフィールド病院では、一〇年間どんな子どもにも最大限の治療を行うという実践「一〇年プログラム」を行った。しかし、このプログラムの終了後、ローバーは治療した五二四名のケースを分析して、一九七一年に論文を発表。治療をすべき子どもと治療を行わない子どもを分けるべきであると主張して、それを実行に移した。一部の子どもには手術を行わず、投薬や栄養も控える、いわゆる「選択的治療中止」を提案したのである。ローバーは一九七二年の論文で、治療方針を分ける五つの臨床基準をあげ、「ローバーのクライテリア」として発表。以後、同僚ザカリーからの批判など、大変な論争が巻き起こる。ブロックのＡＦＰ発見は、まさにこの渦中での出来事であった。

「ローバーは彼のつくった診断基準のためにごうごうたる非難のなかにいました。でも彼は自分の意見を変えず、頑張っていたのです。だから私の発見のことを聞いて、彼はとても喜びました」とブロックは語った。

ローバーたちが必死の思いで治療方針のあり方を議論していたのは、「誰を救って、誰をあきらめるか?」ということであった。……しかし、AFPは、重い、軽いの区別なく胎児の段階で可能性を診断する。このことで、……出生後にシャント手術を行えば成長していける二分脊椎の胎児も、妊婦が望めば区別なく中絶されることになったのである。

羊水中のAFPや母体血中のAFPの上昇が、胎児の神経管閉鎖不全を発見する手がかりになることがわかるとほどなくして、ブロックが「AFPが世界的なものになった」と表現する研究が世界で始まる。それが、染色体の異常、なかでもダウン症とAFPとの関係であった。

イギリスで出生頻度の高い神経管閉鎖不全とは違い、世界中で同じような割合で生まれるダウン症を探す手がかりになるとわかったことで、AFPによる出生前スクリーニングは急速に世界に広がりはじめる。

一九八〇年代から、イギリスでダウン症スクリーニングプログラムの土台をつくっていったのが、かつてブロックに二分脊椎の研究をうながした、ニコラス・J・バルドとハワード・カックルである。疫学者のふたりは、他の研究者とある時は協力し、ある時は競いながら、AFPをはじめとする母体血中のホルモンやたんぱくを用いて出生前スクリーニングを洗練させていった。その過程では、「疾患の重篤さ」は棚上げにしたまま、つまりダウン症が本当に出生前に診断しなければならない重篤なものかという議論は深くなされないまま、感度・特異度を上げ、偽陽性率を下げる技術革新が続けられた。

ふたりが技術の洗練のほかにこれを公費で行うための根拠としたのが、「費用対効果」であった。ふたりは一九九二年の論文で、次のように述べている。

「ダウン症の出生を一件回避するために必要なコストの見積高は、三万八〇〇〇ポンドであり、この額はダウン症の人の一生の福祉コストに比べてはるかに安い……」。従って、全英でこのスクリーニングを行うべきだと主張した。

ただ論文上では、「スクリーニングの最重要目的はコスト削減ではなく、障害の防止と家族の負担の軽減だ」と述べている。私は一九九七年にこの論文を読み、「コストの軽減」と「家族の負担の軽減」のどちらに重きがあるのか、また当時日本でいわれていた「妊婦の自己決定」をどう位置付けているのかを知りたくてカックルを訪ねて行った(バルドにはスケジュールが合わず会うことができなかった)。

カックルはリーズ大学の研究室で次のように語った。

――二分脊椎やダウン症の人を減少させることは許される、とお考えですか?

「容認できるということです。スクリーニングの目的が非常に深刻な状態の出産を減らすことにあると認められ、理解されたのです。母体血清マーカーテストと超音波によるスクリーニングが導入されてから、二分脊椎の出産は八五%減りました。もちろん食生活やそのほかの生活の変化によるものもありますが、大部分はスクリーニングによるものです。ですからテストの機会を与えられれば、人々はそれを受けるということがわかります」

――優生学であるという指摘については?

「私たちは人類の遺伝子を変えようとしているわけではありません。ダウン症を伴う出産を減らそうとしているだけなのです。ただし、そういう出産を減らすこと、それが目的なのですから確かに優生学には違いありません。

第二次大戦中、ナチスによって行われた実験のために優生学という言葉は評判を落としました。ですから、私たちには新しい言葉が必要です。一九三〇年代に起こった民族浄化に関連した用語ではなく、新しい言葉が必要なのです」

――あなたのおっしゃる「減らす」という目的と、妊婦の選択との関係はどうでしょうか?

「社会全体として、障害のある子どもの出産をできる限り削減するために、限られた財政や技術で、私たちは最善の努力をしています。それでも技術(検出率の限界:筆者注)や個人の選択(妊婦が検査を受けないことや中絶しないこと:同)などで限定されています。私たちがスクリーニングを実施しても、受ける人がいなければ中止するでしょう。スクリーニングでダウン症や二分脊椎の胎児が発見されても、女性たちが中絶しないと言うなら、やはり中止です。選択そのものを主眼として実施しているのではありません。重大な障害という問題を削減するために行っています」

一九九七年に面と向かってこの言葉を言われたとき、私は大きな衝撃を受けた。優生学をこのように肯定する人に初めて出会ったからである。そしてこの言葉を放送すると、視聴者からは「ショックだった」「眠れなくなった」などの声が届いた。

「いのちを選ぶ社会」を私たちは選ぶのか？　ということを、いまの私たちは突き付けられているのだと思う。

そのときに、誰もが生きにくい世の中だからひときわ生きにくい人たちは産まない、ということでなく、なんとかして多くの人が生きやすい社会をつくれないのか？　とも思う。これこそ「きれいごと」だという批判を受けると思うが、それでも考えてみたい。

（『いのちを選ぶ社会――出生前診断のいま』ＮＨＫ出版、二〇一三年より抜粋して転載）

3　いのちの尊さとは何だろうか

ああ、KRAS（遺伝子）ですか……
という反応の残念さ
一方で、「〇〇陽性の〇〇がんに、A薬の上乗せをすると生存期間が延長」というニュース

治療法がないがん患者だからこそ、ゲノム研究の進展を渇望する

同時に、ふたりに一人が罹患する「がん」のゲノム時代だからこそ
これまでの課題に向き合って、対策を講じるべきだ
誰もが自分事として……

治療方法の無い患者の「生」をどう支えるのか

持っている遺伝子で差別が起きないように、社会はどのような仕組みを用意するのか
遺伝子差別禁止法
特に生殖医療の現場や、終末医療の現場で医療経済や経済効率と結びついた議論になる
危険性をどう防ぐか
これまで限られた場所での議論であったものを、市民全体のものにしなければならない

長さでも、病の「重さ」でもなく
お金のかかる多寡でもなく
たったひとつの命として

Ⅳ　今——生きてきたように闘病する

ホウチャクソウ　いつも散歩していた森で

1　再手術にチャレンジする

二〇一七年五月、いよいよ復職を考えていた連休後の診察で、恐れていた再発がわかった。肝臓一か所一三ミリの転移。ドーナツのような白い輪っかがCT画像に浮かんでいた。

「がんはこういう形に見えることが多いんです」という主治医の阪本先生の言葉を聞きながら私は幼いころの、父のたばこの煙を思い出していた。父は輪っかの形の煙を口から出すと私が喜ぶので(今、思うとひどい受動喫煙だが)、家ではよくそんなことを繰り返していたのだった。

次の瞬間はっと我に返り、ことの深刻さを思う。のんびり思い出に浸っている場合ではない。せっかく手術できたのに。予防の抗がん剤を飲んでいたのに。復職が目前だったのに。

これからどうするのか?

ただ、三月から腫瘍マーカーの数値が上がっていたので、心のなかで否定しながらも、実は覚悟をしていたのかもしれなかった。五月半ばには日本癌学会が札幌で開いたがん患者のための市民公開講座を北海道大学まで聞きにいっていた。そこでは、免疫チェックポイント阻害剤や、ゲノム医療によるオーダーメイド治療が華々しく語られていたが、膵臓がんに効くものはそのなかにはなかった。会場には、患者団体からの告知があったせいか、膵臓がんの患者が数多くいたようで、質問も多かったが、そのたびに「使えません」、「これからです」という回答が相次ぎ、会場には落胆の空気がただよっていた。

なかで唯一、北海道大学の陽子線治療の医師が、膵臓がん転移でも肺や肝臓に三か所以下なら適用になる場合がある、と話した。私は万一再発したら問い合わせようと、この医師の名前と所属をノートにメモした。聞きに来てよかった、と思った。

「今後は、内科に移っていただいて化学療法を始めてもらいたいのですがよろしいですか？私も定期的に診察します。アブラキサンなどが出て、膵臓がんにもよく効くケースが増えています」

阪本先生はこれまでと同様、残念がったり気休めを言ったりはしなかった。ただ、次にやるべきことを言った。言葉にはしなくても、私の落胆は十分にわかっているはずだった。その信頼感がなければ、もっと動揺していただろう。

転移した膵臓がんは、普通は手術をしてもらえない。化学療法による全身治療になるべく早く入ることがガイドラインに沿った標準治療である。だが私は、ここで思い切って尋ねてみた。

「転移が三か所以下なら陽子線が使えるという話を、市民向けの講演会で聞いたのですが、それはだめですか?」

すると、思いがけない言葉がかえってきた。

「このまま、転移が一か所なら僕が切ります」

まったく予期しない言葉だった。ただし、この先、化学療法を半年以上行って、転移巣が増えないこと、今の一か所が小さくなること。そして、手術をすることにエビデンスはない、ということ。それでも納得して、それをめざすならやろうということだった。

多くのがんは肝臓に転移するが、大腸がんなどは転移巣を何度も手術し、長期に生存したり寛解したりする人も多い。しかし膵臓がんは転移が激しく、転移巣を切っても早期に再発することが多いため標準的には切らないことになっている。私は阪本先生が、説明の最後に、

「二〇二〇年代には、こういう治療も選択肢のひとつになっているはずです」

と言ってくれたことにも、背中を押される思いだった。

膵臓がんに効く化学療法の登場は二〇一三〜一四年ごろからである。その薬剤の効果的使用と外科治療との集学的治療は、まだ試行錯誤の部分があるのだろう。もし、そのチャレンジを自分ができるとすれば、自分の治療ができるだけではなく今後の同じような患者に役に立つかもしれなかった。

こうして、二〇一七年五月から消化器内科に移って、化学療法が始まった。内科の主治医も「外科の主治医と坂井さんが手術を目指しているので、内科としてもその希望に沿った形で治療を行っていきたい」、「外科とは随時連携して連絡を取る」と言ってくれた。この病院の内科としても、膵臓がん肝転移の手術は初めてのケースだということだった。そのチャレンジの目標が一致していることが嬉しかった。

しかし、化学療法は思うように奏功しなかった。最初の二か月、アブラキサンとジェムザールは、骨髄抑制が強く、白血球が急降下してしまい、三週連続して投与し一週休む(三投一休)の投与ができず、隔週にしか打てなかった。しかも一回の投与量も標準の八〇%、二クール目には七〇%に減薬した。二か月後の七月、ＣＴでは腫瘍増大。薬剤を変更し、FOLFIRINOX

を行うことになった。前に述べたように、この薬は副作用の強さで有名だ。私はあまりにも早い薬剤変更に戸惑い、副作用の強さにおびえたが、腫瘍の数が増えて手術できなくなることが最も恐ろしかった。

四六時間連続投与があるために、まず鎖骨下に静脈注射用のポートを埋め込み、FOLFIRINOXがスタート。今度こそ効いてほしい、という願いもむなしく、八月の腫瘍マーカーはさらに上昇した。九月のCTで効果がなければ、打つ手が尽き、手術にはたどり着けないばかりか、治療そのものが終了する可能性もある。九月下旬のCTを待たずに、二週間後に再度腫瘍マーカーを測定し、今後の方針を考えることになった。

外科の主治医の阪本先生は、アブラキサン開始の入院のときも、FOLFIRINOXに切り替える入院のときも病室に来てくれた。

アブラキサンが効かずに落ち込んでいると「目標は、肝転移切除です」と言った。揺らぎがなかった。

さらにFOLFIRINOXが効かなかった九月、私は腫瘍マーカー上昇が恐ろしくて、外来予約を前倒しして外科の診察室を訪ねた。経過を報告して、ぐずぐずと今後の不安を語ったのだと思う。

「どこかにチャンスはあると思っています」

私のぐずぐずした質問にいくつか答えたあとで、阪本先生はそう言った。

そうだった。内科も外科も患者である私の希望を尊重し、目標を共有して治療にあたってくれているのだった。最善を尽くして、チャンスを狙ってくれている。見通しは甘くない。でも、患者にとって、このような治療を受けられることは大きな幸せであり、力をもらえることだった。

その二週間後、初めて腫瘍マーカーが下降した。そこからは一一月まで続けて下降。CTの画像も、腫瘍の拡大が停止したという判定となった。これを受けて、化学療法を一一月で停止、一二月六日に手術が決まった。九月から一二月までは、夢のなかのように過ぎた。

手術では肝臓の転移巣を完全に切除でき、再び私の身体のなかから目に見えるがん細胞はなくなっていた。手術は成功であった。二〇一八年一月の腫瘍マーカーもほぼ基準値であり、私は今度こそ復職すると年始のあいさつで友人たちに触れ回った。

しかし、膵臓がんは甘くなかったのである。

二月に内科の主治医から突然呼び出しがあった。術後に再発予防のために化学療法を行うかどうか、内科も外科もできることなら化学療法は行わない、という考えであった。そのため、念のためCTとPETを行ってがん細胞がないという「身の潔白」を証明することになり、一月末にその検査を受けていたのだった。

診察室に入ると、パソコンの画面が赤く光っているのが見えた。がん患者なら皆知っている、最も見たくないPETの赤い光であった。

さすがに、参った。まだ術後二か月である。エビデンスがない、というのはこういうことなのか。しかし、ひどいな膵臓がんは！

再再発は肝臓への多発転移、および、リンパ節二か所への転移だった。再びFOLFIRINOXを始めることになる。まだ、術後の傷も大きく体を動かすと痛い。私は一瞬だけ、もう静かに楽をしたい、という気持ちになって聞いてみた。

「もし、何もしなければ、残された時間はどのくらいですか？」

内科の主治医は、「いまは、何もしないということはまずないので統計があるわけではないですが」と前置きして、「三か月です」と言った。

うーん、三か月は短すぎだ。やはり治療するしかない。今度は「延命治療」でしかなくても、またしても化学療法が効かなくても、やれるところまでやってみるしかないのだった。

私が切望した転移巣切除のチャレンジは、早期に再再発という結果となった。

でも、後悔はしていない。これまでも、目の前に船があれば、目標に到達できるかどうかわからなくても乗ってみる、という生き方をしようとしてきた。乗ってみなければ見えない風景がある。予想外の場所にも立ち寄れる。船を漕ぐことが人生なのだと思う。

今回のチャレンジは、目標に向けていっしょに漕いでくれる医師がいて、私はその過程がとても幸せだったのである。

2　最後の「異任地異動」

これを書いている今、膵臓がんの告知から二年二か月が過ぎている。この間、二度の手術、二度の再発、術前術後を除く継続した化学療法とその副作用との闘いが続いてきた。治療を休みたいと思っても、がんは容赦なく次の手を繰り出してくる。そもそも五年生存率九％というがんであるから、休んでいると死んでしまうという恐怖がある。

何度か引用してきたシッダールタ・ムカジーは「がんは強制収容所ではないが、同じような抹殺の能力を持つ。がんの外側や先にある人生の可能性を否定し、人生をまるごと呑み込む」と書いたあとで、ある詩人の言葉を引きながらすさまじい比喩をしている。

詩人のジェイソン・シンダーは「がんとは、死すべき運命という名のガラスにあなたの顔を押しつけさせる、すさまじい経験である」と書いている。だが、患者がガラス越しに見るのはがんの外側にある世界ではなく、がんに乗っ取られた世界――がんが無限に映し出

される鏡張りのホールだ。（前掲書）

がんの治癒率が上がって「治る病気になった」、「死と結びつけて考えるのはよそう」という今の日本で行われているキャンペーンは正しいと思う。だが、同じように治癒率を上げ、ゲノム医療など世界の最先端を走るアメリカのがんの専門医ムカジーですら、万華鏡のひとつひとつの鏡に無限にがんが映し出されるような「強迫観念から逃れられないでいる」。

でも私は、たとえ絶体絶命でも「鏡張りのホール」にいるのではない、と思ってきた。素っ頓狂なたとえかもしれないが、これは私にとって最後の「異任地異動」なのではないか？　とあるとき思ったのだった。

私が勤める放送局は、全国転勤が宿命である。全国どこの都道府県でも、辞令ひとつで転勤する。六月の管理職異動、八月の一般職異動は一大イベントであり、その時期が近づくと「次はどこか？」とそわそわした人が多くなる。なかでも、転居を伴う異動を「異任地異動」と呼ぶ。私もこれまでに札幌、山口に赴任した。どちらも縁もゆかりもない、初めて暮らす土地であり、札幌は独身時代、山口は単身赴任であったため一人暮らしであった。大学卒業まで親元から通ったため、地方転勤が夢だった。見知らぬ土地に一人で暮らすことに憧れた。それは家族ができて異動がむずかしくなってからも、個人的な気持ちのうえでは変わらず、事情が許すときが来れば異任地にいきたいと思ったし、東京を離れられないあいだは、都内の研究所など、これも未知の部署に異動させてもらった。

私は、たしか中学時代に習った漢詩の一節が好きだ。

西の方、陽関《ようかん》を出づれば故人無からん

一節が好きというより、この一節しか覚えていなかったのだが、札幌に行くときも、山口に行くときも、東京で初めての部署に行くときも、これが心のなかでふわっと思いだされた。たしか別れの詩なのだが、「故人無からん」(知人はいないだろう)という言葉は寂しさより新しさを期待させた。陽関という土地のさらに西の「見知らぬ」感と「故人無からん」という響きに魅力があった。

調べてみると、これは唐代の詩人、王維の七言絶句「送元二使安西（元二の安西に使《つかい》するを送る）」で、「渭城曲」「陽関三畳」という題でも呼ばれる。まさに転勤する友人を送る詩である。

渭城朝雨浥軽塵（渭城の朝雨　軽塵を浥し）
客舎青青柳色新（客舎青青　柳色新たなり）
勧君更尽一杯酒（君に勧む　更に一杯の酒を尽せ）
西出陽関無故人（西のかた陽関を出づれば故人無からん）

（『王維詩集』岩波文庫、一九七二年）

全文を見て、漢文の授業を思い出した。先生はたしか「更に一杯の酒を尽せ」という一節に力を籠《こ》め、友情と別れを語っていた。でも、私は他の部分にすっかり惹かれた。この場所「渭城」は雨が降り、周りの緑は水に濡れて鮮やかだが、陽関を出ればそれも一変する。乾いた砂漠が広がり、知った人もいないのだと。

私は、湿気の多い日本の教室で、陽関の西の乾いた砂漠を空想した。鮮やかな緑も、知った人もいない世界。別れを惜しむより、その場所に行ってみたかった。友情を力説する先生の声は、もうあまり聞いていなかったと思う。

唐突だが、がんの国も私にとって「陽関の西」なのではないか？ 風景が一変する世界。そこはどうふるまっていいかわからず、孤独も感じる初めての場所である。しかし、暮らし始めれば、その土地の歴史に興味がわき、自然に惹かれ、風習の一端に触れる。初めはとりつくしまのなかった人とも言葉を交わし、時には酒を飲み、ともに出かけるようにすらなる。

なんどか異動するうちに私は確信するようになった。どこに行っても必ず、私に新しいことを教えてくれる人がいて、助けてくれる人がいる。出会った人とは次の異動で別れがたくなる。もうひとつ、異動しても、これまでに出会った人との縁が切れるわけではない。遠くにいても、困ったときには知恵や力を貸してくれる。

がんの国には、希望して来たわけではない。しかし、新たなことを教えてくれる人、助けてくれる人との出会いがあった。そしてこれまでの友人、知人たちは私の危機に対して、これまで以上に励ましや助力を惜しまないで接してくれた。

だからここは「鏡張りのホール」ではなく、「陽関の西」なのである。

3　死の受容の嘘っぽさ

二〇一八年六月、大切な友人を失った。本野道子さん、五三歳。撮影現場でもまだ多いとは言えない女性カメラマンの草分けの一人として、活躍してきた。

六月のとても蒸し暑い日、知らせを受けた私は、外苑前の交差点で友人と車を降りて、竹林の門をくぐり、その斎場に入った。まだ人が集まり切っていない斎場の椅子のたくさん並んだその向こうに、彼女の遺影がこちらを見ていた。本野さんのニックネームは、ジャイ子だった。あのジャイアンの妹。恰幅が良い、とても力強い、私たちの、女の子たちの一つの憧れのようなものだったかもしれない。彼女の遺影は、そのジャイ子の時の目力そのままに、まっすぐこちらを見ていた。

少し驚いたことに、彼女の遺影はスキンヘッドだった。もう抗がん剤治療を始めてどのくらい経っていたのだろうか。一度は寛解したので、私は遺影がそのような潔いスキンヘッドであることを予想していなかった。その潔いスキンヘッドと仕事をしていたそのままの強い目力に、私は何だか射抜かれたように、その場に立ちすくんでしまった。

情けないことに、私は、今、がんを闘病する一人として、彼女のお葬式に行くのが怖かったのだと思う。何だか、次は自分だというふうに思うかもしれないとか、彼女の元気だったころを思い出して辛くなるとか、まあ、いろいろあるけれど、やはり死が怖かったのだと思う。死を思い出させる花やお線香の匂いや黒い服や、そういうことがすべて怖かったのだと思う。

でも、友人の浅井靖子さんがいっしょに行こうと言ってくれて、私はやはり彼女に会っておかなければと思った。会って、きちんとお礼とお詫びをしなければいけないと思った。そう思ってしまったお詫びのような気持ち。お詫びと言うと大げさかもしれない、お礼とお別れの気持ちを伝えたいと思ったんだと思う。

本野さんは私が発病するよりも四年前に、だからもう七年も前になる。乳がんを発症して、闘っていた。彼女が乳がんを発症した時、私は健康だったので、とても驚いて、乳がんからサバイブして、職場に戻った先輩を紹介した。そして、その人から、必ず治る、そして治るだけではなくて、きちんと仕事に戻れるということも伝えてほしいと、私は思っていた。彼女はとても夫思いの優しい人だったけれど、ただ自分が生き抜くのではなくて、家族のために生きることや、ずっと続けてきた撮影カメラマンという仕事にどうしても戻りたかったのだと思う。だから、そのことにとてもこだわっていた。

テレビカメラマンの仕事は、今では女性もとても増えたけれど、やはり体力的に苛酷な仕事である。家庭用のビデオカメラはどんどん小さく、どんどん軽くなって、いい性能のものが出ている。しかし、プロのカメラマン用のカメラは、一〇キロ内外という重さを、この三〇年間ほとんど変えていない。

私たちディレクターがおよそ同じ重さの三脚を持ってみると、それはたとえば出張の時に新幹線のホームに上がるだけでも辛いのだけれど、彼女たちはそれを一日中肩に担いで、でもまったく疲れを見せずに駆け回ることができる。それはまあ、男性も女性も変わらないのだと思う。その重いカメラを乳がんで乳房を摘出した胸は受け止めることができるのだろうか。彼女がそれをとても心配したとしても、無理がないと思う。私もカメラマンだったら、きっとそう思う。

カメラマンとディレクターとの関係は、とても絶妙で、ロケ現場では時にけんか相手であり、時に同志であり、時に口も利きたくない、顔も見たくない相手であり、時には誰よりも早く取材の結果を知らせたい相手であり。ディレクターはいつもカメラマンの後ろとか周りをちょろちょろして、カメラマンが映像を撮れるかどうか、カメラマンが撮りたい映像のために出演者がこちらを向いてくれるかどうか、ずっとそれをカメラマンの背中越しに見ている。カメラマンはファインダー越しに現場を見ているが、私たちはそのファインダーを想像しながら、カメラマンの背中越しに現場を見る。そのことがとても現場の緊張を高める。

テレビの仕事は活字の仕事と違って、一人だけで取材に行くというのは、ある段階まで。途中からはすべて共同作業となり、音声は音声マンが、映像はカメラマンが、そして照明は照明マンが分担して、チームとなって、目の前の映像を切り取る。そして、さらにドキュメンタリーの場合は、そのチームが取材相手とどのように対峙するか、議論を重ねることがテレビ番組を作る重要な要素となる。

私は自分で取材に行って、自分で好きなように記事が書けたら、どれほどいいだろうかと、若いころは思っていた。たとえば、Aさんという人がいたとして、その人がどんなに面白い人であっても、そのAさんをカメラマンが面白いと思って撮ってくれないと、その番組はAさんの顔を伝える番組にはならない。それが伝わらない時の空しさというか、悲しさというか、隔靴掻痒《かっかそうよう》感と言ったらいいのか。そうしたことを何度も味わった。

しかしひとたびそれが逆転すると、自分が想像していた以上のAさんが、テレビ画面に現れることがある。それは先ほど書いたように、ディレクターがカメラマンの背中越しに、カメラマンが見ているファインダーを想像しながら、さらにその後ろで現場を見つめるという、凝縮した緊張感の中に仕事ができること。それがもしうまくいった時には、私のような浅学菲才《せんがくひさい》なものがたった一人で、ある人物に対峙している時よりも、ずっと何か、言葉にしづらい、ずっと違うものがそこに現れてくることがある。それがドキュメンタリーを作る時の、ディレクターとカメラマンの間柄だと思っている。

本野さんはそういう間柄になれる、何人かのカメラマンのうちの大切な一人だった。いつも現場では何かを問いかけていたように思う。自分はこの人をどういうふうに撮るのか。そして、考えに考えたうえで撮って、そして何となくちょっと口をすぼめて、「で、あなたは?」、「これでいいの?」、というふうにディレクターを見る。私は外苑前の斎場のスキンヘッドの彼女の射抜くような目力を見て、その時のロケがシュート(撮影)を終えて、さあ、次はどうしますかね、と何となくカメラマンとディレクターが呼吸を交わすような、その時の今にも口をすぼめそうな感じの彼女を、その遺影の中に見ていた。だから、本当に、生きてほしかった。なぜ病気がこの人の命を奪うのか。私はわからない。まったく理解することができない。

葬儀は彼女らしく、読経も戒名もなく、彼女の上司となっている、私の信頼する同期の服部康夫カメラマンが弔辞を述べて、そして、一人一人が一輪ずつ献花して、終わった。

弔辞には、彼女らしい言葉が引用されていた。

……さまざまな出来事が同時に起こる中、カメラマンは、何が大事なのか、本質はどこにあるのか、と絶えず考えながら事象を切り取っていく。とっさの判断なので撮影者の経験や考えが映像に反映され、迷いも鈍感さも人間性も、すべてが露呈してしまう。怖い仕事である。(中略)人の心のうちを、つたないなりに映像に収めたときはゾクゾクした。その達成感が忘れられず、この仕事を続けている。これらの映像は番組として残るだけでなく私の心の中にも確実に蓄積され、新たな撮影に活かされる。撮影は経験を積めば積むほど面白い。

（本野道子「ドキュメンタリー番組で人の心のうちを撮る」、日本女性放送者懇談会編『放送ウーマンのいま――厳しくて面白いこの世界』ドメス出版、二〇一一年）

その日は雨だったけれど、次々に仕事を終えてお通夜に駆けつける人が後を絶たず、献花は相当長い時間続いたと思う。献花が途切れた時、もう斎場の時間が終わりだったのかと思う。棺の中の彼女に会いたい人は前に出るようにという案内が、会場の司会者からあった。

私はまた迷ってしまった。果たして棺の横に立って、彼女と顔を合わせることができるだろうか。きちんと背筋を伸ばして、「あなたはどう考えるの？」っていう、あの問いかけ、その問いかけをされると、曖昧に微笑んだり、何だかおちゃらけて返すのが怖いような、そういうところもある人だったけれど、あの時の緊張感が、何だかまた感じられるのではないかと思ってしまうような気持ちであった。自分もまた、死に直面して、とても怖いということ。でも、だから、怖いから許してくれって言ってはいけないような気がして、やはりその白木の棺の中に横たわっている彼女の表情に向かって、きちんとお別れを言うべきだろうと思った。

私は浅井さんといっしょに棺の横に立って、棺の中の彼女を見た。細く引かれた強い色の口紅と、つけまつ毛なのか、彼女の本来のまつ毛なのか、思ったより長いまつ毛があるのが印象深かった。そして、あのジャイ子のニックネームのように、顔がふっくらしているのが、私はとても嬉しかった。闘病の最後に苦しんで、痩せてしまっているのではないかということを、とても恐れていたからだ。でも、そうではなくて、とてもよかった。ジャイ子のままのふっくらした頬で、目をつむって、美しい彼女がそこにいた。

でも、私が一番びっくりしたのは、彼女の頭だった。遺影と違って、彼女の頭には二ミリぐらいだろうか、真っ黒い髪の毛がびっしりと生えていた。いや、生えていたと言うより、生えようとしている。あるいは今も生えている途中と言うべきか。

あのスキンヘッドの遺影を撮ってから、どのくらいの時間が経っているのだろう。時間を考えたら、それは驚くべきことではないかもしれない。でも、私はとてもそのことが印象的だった。ものすごく密度濃く、ものすごく黒い美しい彼女の頭髪が、今まさに生えてきている。いや、生えてきていたのだった。ねえ、みんな、これ、生えてきてるよって、私は何か子どもの歯が最初に口の中に生えた時のように、誰彼となく言って歩きたいような衝動に、その時、駆られた。

彼女、生きたかったんだと思う。少なくとも、彼女の体は生きたかったんだと思う。というより、最後まで生きていたのだと思う。人の心の中はわからないから、他人がとやかく推測するべきことではない。それに、人間の体が呼吸を止めた時、臓器の動きが止まった時、どのように変化するか、私には科学的な知識がない。でも、私はその棺の中の、まさに生えてこようとする、その黒い短い頭髪が、彼女が生きたことと、彼女が生きたかったことを表しているように、どうしても思えてならなかった。

＊

そうはいっても、本野さんともう話をすることはできないし、彼女が二度と目を開けることもない。私はこの時、生と死があまりにも深く交錯していること、せめぎ合っていること、接していること、そのことを感じると同時に、もう二度と取り返しがつかない、後戻りができない、不連続性とか、不可逆性といったようなものと、両方を感じずにはいられなかった。このように生と死について何だか非常に重く深く考えてしまうのは、やはり私の身そのものに、死が迫っているという自覚が、頭のどこかから常に離れないせいだと思う。

死は、この本の中でも何回か書いてきたように、がんを告知されたその瞬間から、すぐそこにある。もちろん、誰の生にも、死は必ず訪れる。人はただそれを、普段はあまり意識せずに生きているだけなのかもしれない。死は誰にでも平等に訪れる。それがいつかは差があるにしても、必ず誰にでも死は訪れる。しかし、どうしても、そこに在《あ》るということを意識せざるを得ないのが、やはりがんという病気なのだと思う。

この病気になっていろいろな本を読んできた。この病気になったことをどう考えればいいのか。死がすぐそこにあるような気がすることを、どのように受け入れていけばいいのか。そして本当に自分が死を受け入れる時というのは、いったいどういう時なのか。いろいろ考えても答えは出ないので、いろいろと本を読んだり、その答えを探して、言葉を探したりした。

その中で非常によく目にするのは、「死の受容」という言葉である。受容とは、すなわち、受け入れること。受け入れがたい運命、受け入れがたい状況、という、本来は受け入れたくないことを、何とかして受け入れるという、そのハードルを越えた先にある受け入れ、というような書き方をしているものもある。

そして、この死の受容という、言葉を言った先人としてあまりにも有名なのが、日本では

『死ぬ瞬間』という邦訳タイトルの著作で知られるエリザベス・キューブラー・ロスである。このロスの「死の受容」については、健康な時に、ある番組を作るために、勉強のために読んだのだけれども、私はこのロスの考え方や、受容という考え方が、それを目にした時からずっと、あまり納得できなかったし、今回自分がこのような病気になってみて、やはりあまり納得することができなかったように思う。

＊

この死の受容ということを考える前に、もう一つ私にとって忘れられない、肉親の死について書いておこうと思う。それは二〇〇四年七月に亡くなった、私の父のことである。私の父は一九三三年生まれ、六八歳で胸腺腫になり、七一歳まで四年間闘病し、亡くなった。がんの告知を受けた時、医師たちは、抗がん剤が効く可能性はないとは言えないけれども、もし抗がん剤が効かなければ、残された時間は三か月という言い方を、私たち家族にした。その時、私のおぼろげな記憶では、父は同席していなかったように思う。年老いた母と私と弟で、それを聞いたような気がする。そして私はその三か月という数字があまりにも短いので、私たち家族三人は、父にその数字を伝えることを、やはり躊躇《ちゅうちょ》したのではないかと思う。

そして抗がん剤治療が始まり、幸運にもその薬が効いて、父は四年間闘病を続けた。途中では寛解して、職場にも戻ることができ、私たち家族はこのまま本当にがんがどこかへ退散して、父が穏やかな余生と仕事と母との残された時間を、ゆったり過ごすことができればどんなにいいだろうか、というふうに心から願ったものである。

しかし、私と同様、父のがんもそれほど甘くはなかった。寛解が一年弱続いただろうか。がんは再び頭をもたげて、再び抗がん剤治療が始まり、いくつかの薬を試したものの、最後は多発肝転移を来して、私たち家族は主治医に呼び出された。「もうこの病院でできる抗がん剤治療はありません」。父は多分、その少し前から、自分の病状のことはわかっていたと思うし、私たち家族もそのことを薄々と、その薄さは、しだいしだいに濃く、意識するようになっていった。

私はとにかく、七〇を超えた父が、とにかく苦しまずに最後の日々を過ごしてほしいと、それを第一に考えていた。父が六八歳でがんの告知を受けた時に、短い文章を母のために書いて、その一節に、自分の人生にもうやり残したことはないし、とても幸せな人生だった、と書いていたことが、なぜかもう新しい治療法を探すというよりは、苦しまずに最後の日々を穏やかに過ごすという、その道を探すほうに、私を、私の背中を強く押し続けていたのだと思う。

父が治療を受けた病院に緩和ケア病棟はなかったので、私は治療法がないと言われるその少し前から、いろいろな人の意見を聞きながら、緩和ケア病棟や、在宅ホスピスと呼ばれる、自宅でケアを受けながら亡くなるという、その道を一生懸命探していた。そして、何か所かの緩和ケア病棟を見て、父にはやはり住み慣れた自宅で、母が作ったご飯を食べながら、最後の日々を過ごすことが一番いいのではないかと思うようになった。

病院食にもほとんど口をつけずに、母が毎日運んでいく、母手作りのご飯しか食べなかった父である。最後の最後になって、非常に配慮された緩和ケア病棟に入ったとしても、父はやはり母が作った食事を欲しがるだろうし、自分が住み慣れた家からの景色を、窓の外に見ることを望むだろうと、そのように思ったからだった。

今にして思えば、その段階で父にもう一度、どのような最期を迎えたいかを聞くべきだったのかもしれない。でも、それはなかなか家族も、父に面と向かって聞けることではなかった。

＊

父は、二〇〇四年三月末に、四年間治療を受けた病院を退院して、住み慣れた自宅に戻って来た。私たちは父が家に帰れることを心のどこかで喜んでいたのだが、父は浮かない顔をしていた。それはそうだろうと思う、私は、がん患者になって、あの時の父の気持ちを思うことがある。治療法がないと言われて退院する時とはいったいどういう気持ちなのか。普通は、退院は嬉しくて仕方がない、でも、もはやもう病院にいてもやることがないと言われて去らなければいけない、そういう時に、いったいどういう言葉を交わして病院を出て行けばいいのか。病院のほうでも、おめでとうございますとはなかなか言えない。

私たちは、ありがとうございますと言って、酸素ボンベを引き摺ったままの車椅子の父を、病棟からエレベーターに乗せて外へ出て来た。けれども、やはり、父がとても辛そうな顔をしているのが、私にはとても苦しかった。その時、もっと治療法を探すべきではなかったのかと思った。それまでは、一生懸命、とにかく穏やかに苦しまずに最期を迎えるにはどうすればいいかというところに、自分は奔走して来たのだったけれど、本当は、もっと、同じぐらいのエネルギーで、もっと新しい、もっと別の道を探すべきではなかったのか。しかし、客観的に言って、その時、使える抗がん剤はもうなかったし、それを父や母が望んでいるかどうかも聞いたことがなかったのである。

その日、父は、酸素ボンベを引き摺って家に帰って来て、家で久しぶりの夕食をとった。そして、その時、初めて言った。一か所だけ行ってほしい所があるんだけれど。それは、父の罹った胸腺腫に新しい治療法を試みている静岡県のある病院の情報であった。「ああ、やっぱり、父は調べていたんだ」、私はとてもショックだった。でも、父は、たぶん、努めて、私や家族に負担をかけまいとして明るく言おうとしていた。「いや、これはあまりすぐには使える方法でもないし、自分の役に立つと決まったわけではないんだけれどね。でも、やはり、何か、最後まで調べたっていう気持ちにならないと気が済まないところがあってね」、というような、そんな言い方だったと思う。

私と弟は、その静岡の病院にアポイントを取り、セカンドオピニオンを聞きにいった。父がそう言っていたように、やはり、現在の父の多発肝転移をきたした状況での終末期の胸腺腫、これに対する治療法として、その病院の方法は適応にはならなかった。私と弟はその結果を父に伝えたが、父はまた微笑んで言った。「いや、いいんだ。たぶん、そうだろうと思っていた。でも、そうやって最後まで調べてくれたことがとても嬉しいよ」。ああ、やはり、調べてほしかったんだなあと、私は、その時、思った。それでもなお、やはり、家族としては、もう、痛みや、不安や、苦しみや、そんなことから逃れて、穏やかな日を一日でも長く、家で過ごしてほしいと、やはりそう思ってしまったんだったと思う。

父は、それからおよそ三か月半、家で過ごした。父の性格や、父のしてきた仕事や、父の病状、すべてきめ細かく尊重してくれる在宅医療の医師と訪問看護師の方々に支えられて、その在宅の最後の三か月は本当に穏やかに過ぎていった。もちろん、痛み止めや吐き気止めやいろいろな睡眠薬やいろんな薬は飲んでいたけれども、やはり、家で母の作ったものを食べたり、孫である私の息子のおやつをつまみ食いしたりして、そこだけ見れば、お爺さんとお婆さんが暮らす穏やかな家がそこにはあったように思う。

父はその在宅医療の医師をとても信頼して、いろいろなことを話すようになっていった。私は、そのような人に巡り会えたことを、本当に感謝している。

七月中旬、私は、午前中、何時だったか、母に呼び出された。自転車で一〇分ぐらいの所に住んでいたので、電話をもらえばすぐ駆けつけられる距離である。その前日、私たち家族は、何故か、弟や私の息子も皆集まって、父といっしょに晩御飯を食べたばかりだった。前の晩、何だか、夏の盛りが近づいてきて夏休み気分になろうとしている息子、その息子の服にセミが止まっているなどと、冗談なのか、妄想なのか、不可思議なことをニコニコして言っている父が不思議でならなかったけれど。時々、そんな幻のようなことを口走る以外は、とても普通に楽しい一時を家族で過ごせたのだった。

だから、翌朝、母に電話をもらった時も、私はのんびりとしたもので、「どうしたの？」と母に聞いた。母が一言、「お父さんが息をしてない」と言った。「えっ」、私は、「そのまま待ってて、すぐに行くから」と言って家を飛び出した。

両親の家に着くと、確かに父はもう息をしていなかった。穏やかだった、表情もとても穏やかで、ベッドの周りは綺麗だったけれど、これは、後から考えれば、母が片付けたからかもしれない。でも、暴れたり苦しんだりした様子は見受けられなかった。私は、前日の父の様子を思い出し、息はしていないが穏やかな表情の父を見て、「ああ、父は逝ってしまったんだ」と思った。こんなに早く、こんなに静かに。

私は、呆然としている母に気をつけないと、と思いながら、とにかく、母には静かにそこに座って気持ちを落ち着けるように言って、主治医に電話をした。在宅医療の医師は、「今すぐ行きますから待っていてください、家族の方はお父さんの手を握っていてください」と言った。父は息をしていなかったけれど、手を握ると温かかった。

私は、学校に行っていたのか、学童クラブに行っていたのか、もう記憶が定かでないが、息子も呼び出して、とにかくお爺ちゃんの家に来るようにと言った。息子が来ると、私は、お爺ちゃんは亡くなってしまったみたいだ、だから、あなたはお爺ちゃんの手を握っていてあげてと息子に言った。そして、私は、息子にそう言ったことも忘れて、呆然とする母を再び気遣いながら、あちこち知らせなければいけない所へ手当たり次第に電話をした。

やがて、主治医が訪れて、父の手を握り、瞳孔を確認して、体のいくつかの場所を丹念に丁寧に優しく診てくれた。そして、御臨終ですと言って、その先生が診てくれた時間を臨終の時刻としましょうと言った。

ふと気づくと、息子が私のそばに来て言った。「もうこっちへ来てもいい?」「うん、ありがとう、手を握ってもらって、お爺ちゃんも嬉しかったと思うよ」。息子は言った、「僕もう流す涙がなくなっちゃったんだよ」。確かに、息子はもう涙は流していなかった。涙の跡は顔にあったけれど、もう呆然として、その時、流れている涙はなかった。私は、本当に人には涙が枯れるまで泣くということがあるんだなあと、変なことを思った。

＊

父の葬儀が終わり、家の中の片付けも一段落して、母の気持ちもわずかながら落ち着いてきたころだっただろうか、父を看取ってくれた主治医の在宅医療の医師と話をする機会があった。私は、その先生が、本当に父の幼い頃から今日に至るまでの人生を大切に受け止めて、たった三か月強の在宅の最後の日々を支えてくれたことを本当に心から感謝していた。私はそのことを主治医に伝えたいと思っていた。

いろいろな話をしたけれども、その中で、主治医が言った。「お父さんと、この窓からいっしょに月を見て話をしたことがあるんです」。そのマンションは、父が発病する二年ぐらい前だったろうか、私たちが育った古い東京西部の家を処分して、定年後を私や孫の近くで過ごすことを考えて、両親が私の家から自転車に乗って一〇分ぐらいの所に住むことにしてくれた、小さなマンションだった。小さいマンションだったけれども、かつて大企業の社宅だったその場所は公園に面していて、この公園は春になるとたくさんの桜が咲いた。そして、その桜の木々の上には星や月がよく見えた。父と母は、春には桜、夏には緑、秋には紅葉、そんな季節を楽しんで、そして月や星を見ることもとても大切にしていた。

父は、学生時代、天文部にいたこともあり、野尻抱影《のじりほうえい》の好きな天文好きのロマンチストだった。だから、星や月に関する知識は相当にあったと思うし、病気になってからの、特に、治療法がないと言われて家に帰ってからの日々を、そんな月や星との対話が支えてくれたのだとしたら、それはこの家に移って来てよかったことの一つだったと私は思う。

医師は続けた。「お父さんはね、月を見て私に言ったんですよ。こうやって月を先生と見ていると病気であることを忘れてしまいますねえ、と」。そうだったんだ、そんな穏やかな気持ちになれていたことを再び私は喜んだ。

しかし、続けて医師は言った。

「でも、お父さんはわかっていたと思いますよ」

「えっ、何をですか」

「残された時間をです。お父さんのがんは心臓の動脈のすぐそばにできていたので、最後まで取り切ることができなかったし、そのことで血管が狭くなっている部分があったんです。だから、ザザー、ザザーって、血の流れの音が強くなっていくのを自覚されていたと思います」

私はとてもショックだった。父が母や私たちにそんな話をしたことはなかったからだ。父は、家に帰ってからの三か月強、家族にはとても穏やかな表情を見せながら、自分の体の中で大きくなっていくがんの、そのがんが圧迫する血流の音を日々聞いていたのだと思う。それはどんな気持ちだっただろう。

今、私も、体の中にどうしても消えないがんがたくさんあって、そのがんがどれくらい大きくなっているのか、日々、不安でたまらない。いったい、大きくなった時に、そのがんが何をするのか、私の体はそれを食い止めることができるのか、いや、できないだろう。できない時に何が起こるのか、それは、やはり、大変な恐怖である。

父は、大きくなっていくがんが自分の血管を脅かしていること、それを自分の体の中で聞きながら日々を過ごしていたんだ。でも、目の前の美しい月を見て、医師と、思い出話や、もしかしたら、野尻抱影の話や、いろいろな読んだ本の話や、してきた仕事の話をしたのかもしれない。病気であることを忘れてしまいますね、という言葉は、やはりそのまま、病気であることをやめてしまいたいという気持ちだったのだろうと思う。つまり、生きていたかったのだ。

私は何もわかっていなかったなあと、その時、医師の話を聞いて思ったけれど、またさらに、自分ががんになってみて、その時の父の恐怖や悲しみを思う時、改めて、自分の無知と無神経さとを思わずにはいられない。父は最後まで生きたかった、その生きていくことをどれだけ支えることができただろうか。

がんになると、死という言葉は本当に近くなる。そして、でも、がん患者に向けられるメッセージはさまざまだ。一つは、がんになったからといって死ぬわけではない。これは、がんイコール死ではないということを、患者も医療者も社会も共有して、支え合って生きていこうというメッセージなのだと思う。だから、それには感謝しなければならない。客観的にも、全がんの一〇年生存率五八％、現実に生き抜いている人は多くいる。しかし、裏を返せば、五年生存率一〇％以下の私がかかった膵臓がんのようながんもある。そして、五年以上経ってから再発した私の友人、本野道子さんのような例もある。

やはり死はイコールではないにしても、そこにあり続ける。がん患者にとって、そこにあり続けることに変わりがない。この本で書いてきたように、明滅する赤いランプ、それが時に遠くなったような気がしたり、思わぬほど近くに来ていたり、それはその時々だけれど、その明滅するランプがなくなってしまうことはない、そこにある、それが死である。

もう一つ、よくあるがん患者へのメッセージ、それが死を受容するということだ。心穏やかに死を受け入れる、そのことが結果的に最後の日々を心穏やかなものにして人生を豊かに閉じていくことができる。これも、がん患者のためを思ってのメッセージなのだと思う。

だが、私は、私の友人や私の父の死を振り返り、そして、自分がこのような死を間近にした病状を迎えている今、死は別に受容しなくてもいいのではないかと思っている。受け入れることができる人もいるかもしれない、でも、受け入れる人がいなくてもいいのではないか。私はまだ受け入れているとは言い難い、いや、最後まで受け入れるという気持ちになるとはとても思えない。

受け入れなければ穏やかになれないというものでもない。死はそこにある。そして、思わないでいいと、考えなくていいと言われても、考えてしまい、思ってしまう存在なのだと思う。だからこそ、怖くて、考えたくなくて、消えてほしい、その存在が消えてほしい。けれども、そこにあるまま、そして、受け入れることができないまま、それでもいいのではないかと思って、最後まで生きるしかないのではないだろうか。当たり前のことだけれど、人は死ぬまで生き続ける、だから、死を受け入れてから死ぬのではなくて、ただ死ぬまで生きればいいんだと思う。

生きるための言葉を探して
――あとがきにかえて

ホソイオツキサマ

もう二〇年以上前の夕方、日がとっぷり暮れた保育園に駆け込むと、息子が保育士さんとふたり、最後の園児になって迎えを待っていた。

ああ、ちょっと遅れてしまったか……! 私は保育士さんと息子に迎え遅延のお詫びをし、着替えやタオルや、もろもろの荷物をドサドサと抱え、息子の手をひいて園の外に出た。頭のなかは、帰ったら洗濯機をまわして、お風呂をいれてと段取りでいっぱい。そんなとき、息子がのんびりと言った。

——ボクハネエ、ホソイオツキサマガスキナンダヨ

——え?

路地を見上げると、まだ青みの残る空に、クリーム色の細い三日月がかかっていた。

息子は本当にこの月が好きなんだな、そして、そしてそれを私に言いたくなったのだ。何の変哲もない、普段絶対気づかない三日月なのに。

ひとには、何の打算もなく「何かを好きになる」瞬間がある。そしてそれを言葉にできる。

さらにその言葉を「伝えたい相手に伝えることができる」。

いま、まさにそう思う。

ドタバタした子育ての時期にこんな感慨に浸っていたわけではない。いよいよ、私も〝終活〟かなと思い、少しずつ身の回りのものを片付け始めたら、保育園時代の保育士さんとの日誌が出てきたのだった。この日の「三日月発言」に私は「力が抜けた」と書いている。

「言葉は凄い」、「言葉があってよかった」

そんな気持ちを強く持つようになったのは、病を得てからのこの二年半のことである。どれほどの励ましが私に力をくれただろうか。友人、同僚、先輩、後輩、その時々の私の体調や治療経過まで頭に叩き込んで、絶妙のタイミングで、言葉と行動で助けてくれた方々に感謝の言葉が尽くせない。浅井靖子さん、田波宏視さん、中村季恵さん、福島直子さん、他の方々、本当にありがとうございました。

よく、患者に「がんばれ」「待っている」はご法度で、プレッシャーをかけるという意見も目にするが、私はどんな言葉も嬉しかった。「室蘭は吹雪です」、「宇都宮の行列のできるウナギ屋さんにきょうは並ばずに入れたよ」、「愛宕タワーの喫煙室から見える富士山がきれいなので写真を送ります」。そんな日常の連絡がものすごくうれしかった、なぜなら、そのひとの日常生活のなかで心が動くとき、私のことを思い出してくれているのがわかったから。だから、どんな言葉でも嬉しかった。

また、主治医をはじめとする医療者の言葉は、私には本当に「生きる力」に直結するものだった。だといっても「生」とは「死」とは、などと話し込んだことは一度も、ない。それは六分とか、一〇分とか刻みの日常診療のなかで「必ずチャンスはある」、「一つ一つできることをやる」などの短い言葉であったが、そのタイミングや語気や表情から、一言の後ろにあるものを感じ取るには十分だった。

医師、鎌田實氏に、

治すという医療行為の中には支えるという行為が入っている
完治できないときでも

(『言葉で治療する』朝日新聞出版、二〇〇九年)

という言葉があるがその通りだと思う。
私はそのような医療者に巡り合えたことを、このうえない幸福だと思っている。
主治医の阪本良弘先生、そして内科の主治医の先生、ありがとうございました。
「言葉」ということでいえば、町を歩いていて、

わたしの上にある空は、何度でも晴れる。

という、駅ビルのキャッチコピーに元気づけられたり、
行きつけの、小さいけれど硬派の近所の書店で、人文書すべてに、

悩むな！　考えろ！

という真っ赤な帯がついていて、目が釘付けになったこともある。私は単純だ。
友人たちや医療者たちの生身の言葉や、日常のなかで接する言葉のほかに、まぎれもなく私

を奮い立たせ、ときには悩ませ、考えさせ、立ち上がらせたのは「記録された」、「活字になった」言葉だった。

では、書く立場になったとき——。

闘病は、最も個人的な経験でスタートするが、それが個人や家族に「閉じない」ことも、また、めざしたことである。闘病記はどれも尊い。しかし、それを読み終わったとき、「密度濃い人生を生きた」、「その人らしく生きた」、「病になったことでより深い境地に達した」と、読者が消費して終わってしまうことを避けたい——。

これは自戒でもある。

病気や障害をもった人たちを取材し、その人たちの番組や本を作ってきた。それで「わかったような気」になっていなかったか。Ⅱ章「直面」の『タイタニック』のセリフに引いたように、それは「とてもそんなものでは……」すまない体験だ。だから、感動や涙……といったことで終わりたくないというのが、これまでの自分の読み手、作り手としての自戒である。

自分の苦しさや家族の献身的な看護そのものを書いたり、その「献身」を前提としたものを求めるより、個人的な体験がもしかしたら他の人も感じていることなら、それをまとめて発信したい。日本人の二人に一人が、がんになる時代にもかかわらず、「ほんとのところどうなの？」という部分が知られていないことは意外に多いと感じる。

一方で、「当事者でなければわからない」という言い方や考え方にも与したくない。「子どもは育ててみた人にしかわからない」などの「○○の苦しさや楽しさは○○した人にしかわからない」という閉じた考え方だ。もし「当事者」にしかわからないのであれば、私たち「伝える」仕事の意義はなくなる。「当事者」の考えや体験を最大限に尊重しつつ、それを「まず知る」、「想像して共感する」→「共感したところから、いっしょに考える」……そういう行動をしたいと思ってきた。そのために「伝える」仕事もあると思ってきた。その「伝える」という行動の基盤となるのは「言葉の力」である。

日本ではこれからはよりいっそう「単身社会」が進んでいく。だから、家族や近しい人がいない人も、家族や近しい人に事情があって様々なことを託せない人もたくさんいる。外国人や障害、難病をもつ人も増えていくだろう。だから、そういう「個人」が「個人」として発信しながら、一方的に発信するだけではなくて、自分の思いを受信し、共感してくれる人たちとわかりあって多くの支援をうけられる社会になればいい。この本はそういう気持ちで書いた。だから、子規が飯炊会社を考えていたことに感動し（II章3参照）、力を得ることができた。

この本は、再々発がわかった二〇一八年二月から一一月までの間に書き綴った、がんに罹った「私」の記録である。がんになって感じたこと、思ったこと、がんになって学んだこと、疑問や時には憤りを感じたことなどを率直に書いた。背中を押してくれる友人の浅井靖子さんと編集者の坂本純子さんのおかげで書いてくることができた。

私の仕事はテレビ番組の制作だが、この本を書き始めるときに編集者と話し合って決めたことがある。それは「取材をしない」ということだ。つまりこの本は、テレビ制作という仕事をしていた私が書いたものだが、あらかじめテレビ番組や本にすることを想定して誰かに取材するということをしていない。すべてある一人の患者が、患者として見聞きし、考え、学んだことである。だから、仕事がどうであれ患者の視点であり、どんな患者でもしようと思えばできる範囲の勉強や体験だけをもとにして書こうと思った。

だから一方で、通院以外家に閉じこもっている闘病のなかで、自分の文章が独善的になっていかないか、一人だけで盛り上がったり、必要以上に喜怒哀楽を強めていないか、などを常に気にしながら書いてきたとも言える。著名なジャーナリストのなかには、始めから取材をすることを前提に闘病する人、なかにはカメラを回しながら闘病する人もいる。それは立派な仕事だと思う。しかし私はあくまでもテレビディレクターとしての私ではなく、患者としての視点で書きたかった。

ただし、出会ったプロの医療者やプロの支援者の方たちに最後までそれを伝えないで出版することは、相手の方々がそれを想定しないで話してくれたからこそなので、後出しジャンケンになってしまう。だから、実名で詳しく登場していただく方々には、最後の最後に私がこのような原稿を書いていることを打ち明けた。そうしてできた本である。

前述したように、言葉は大きな力を持つ。活字で言葉を残せるという機会を与えられたことに心から感謝したいと思う。そしてそれが、同じように病気と直面する患者や、医療の過酷な日々のなかでプロとして闘う医療者の、特に若い医療者の、何かの力になれば、望外の喜びだ。

私は、言葉に力を得て、病気と向き合えたことを改めて感謝しながら、まださらに生きていきたいと思っている。

二〇一八年一一月四日

坂井律子

付　透き通ってゆく卵

「次世代シークエンサー」を用いた高速・高精度のDNA分析。ここに無侵襲的出生前遺伝学的検査（NIPT）の真の新しさがある。NIPTは二〇一二年八月、日本に上陸。妊娠一〇週目くらい以降に、妊娠しているお母さんの血液中（母体血漿中）に浮遊する胎児由来のDNAを分析し、21トリソミー（ダウン症候群）、18トリソミー、13トリソミーの可能性を検査する技術である。無侵襲というのは胎児にとって「侵襲」がない、つまり羊水検査や絨毛検査のように、流産する可能性がないということである。

現在は特定の染色体の多寡だけを推測する方法を用いているが、やがてすぐにすべての遺伝子解析を行えるようになることが予想されている。次世代シークエンサーを用いた「全ゲノム解析」と言われる。文字通り母体血のDNA断片のゲノムをすべて解読する方法であり、論理的に可能であるばかりか、すでに試みた研究もあり論文が発表されている。しかし、全ゲノム解析では、健康に生きている人の場合でも非常に多くの変異が見つかっており、変異＝障害や病気、と一概に断定できない。情報がありすぎるが診断ができない、という事態に陥ってゆく可能性がある。

さらに、技術がすすんで多くの疾患の遺伝子が確定できるようになると、もっと困難な問題が待ち受ける。

すでにNIPTを21トリソミーのスクリーニングとして医療現場に導入することを、二〇一四年に決めたフランスの国家倫理諮問委員会のジャン＝クロード・アメゼン委員長は、二〇一三年のインタビューで次のように語っている。

「どこまで読んでいいのか？　ということが問題なんです。これからは21トリソミーだけではなくて、探していた病気以外の、いろいろな病気までわかるようになります。そうなったら遺伝カウンセリングがもっと大変になるでしょう。そしてその時には『重篤な疾患』のリストをつくることについて、話し合う必要があるかどうか、それが大問題になってくるのです」

私はもちろん、21トリソミーなら検査してよい、ということを言いたいのではない。日本では現在、異常の頻度が高い染色体だけを対象としている。だから、21トリソミー、18トリソミー、13トリソミーの子どもを育てる家族たちは、「なぜ自分たちの子どもが出生前診断の対象なのか？」と憤っている。

フランスでは、一九九四年のいわゆる生命倫理法（公衆衛生法典）に出生前診断の規定があり、次のように定められている。

「出生前診断とは、子宮内の胚または胎児に特に重大な疾患を発見することを目的とする産科学上の胎児の超音波検査を含む医療行為である」（二〇〇四年、二〇一一年に改定。超音波の規定は二〇一一年に追加された）。

「重篤（重大）な疾患」の発見がこの法律の規定であり、中絶の規定にも同じように「重大な疾患」という文言があるが、何が「重大な疾患」にあたるのかについてはどちらにも書かれていない。21トリソミーが「重大な疾患」にあたるかどうかも議論されたことはない。何が「重大な疾患」か、について国家が規定することは、困難だからこそ避けられてきたのである。立法者は、一部の疾患に烙印を押すのを避けるため、病気のリストをあえて作成しなかった」と言われる（坂井律子『いのちを選ぶ社会――出生前診断のいま』NHK出版、二〇一三年）。アメゼン委員長は、NIPTの登場によってやがてそこに手をつけることになると危惧していたのである。

「何が、生まれる前に診断してよいほど重篤なのか？」。じつはフランスだけでなく、世界中で、これを規定している国は無い。命に線を引いてよいか？　どこで線を引くのか？　法制化や議論が進んできたといわれるヨーロッパ諸国も、その解は持っていない。

それほど重大なことを引き起こす「新しい」技術を、私たち日本人はすでに使い始めた、ということなのである。

「受精卵着床前診断」の新局面

もうひとつ、日本で長年激論が続けられ、今新しい局面を迎えている技術に「受精卵着床前診断＝Preimplantation Genetic Diagnosis」（以下、PGDと表記）がある。次のような技術である。

体外受精を行って作られた受精卵を、数日体外で培養し、八個ほどの細胞に分裂した段階以降に一〜数個の割球を生検するか、胚盤胞の将来胎盤になる栄養外胚葉細胞を採取し、その遺伝子を調べる。その結果で、異常の無い受精卵を選んで子宮に戻し、妊娠する。

これが成功するためには、「体外受精」「培養」「細胞の取り出し」「正確な遺伝子診断」「着床するタイミングでの子宮への移植」という一連の技術の枠が求められる。

日本産科婦人科学会によると、二〇〇五年度から二〇一五年度までに行われた着床前診断は申請五四三件、承認四八一件、承認率八八・六％（「倫理委員会　着床前診断に関する審査小委員会報告」『日本産科婦人科学会誌』69巻(9)、二〇一七年）。このデータから、総数としてはアメリカ、イギリスなど主要先進国に比べて非常に少ないこと、また二〇〇六年以降「習慣流産」についての診断数が急増していることの二点がわかる。

世界ではどうか？　佐藤卓らによると、欧州生殖医学会（ＥＳＨＲＥ）のＰＧＤコンソーシアムには一九九七年から二〇〇九年までに三万三〇〇〇件を超える採卵周期数が報告されているし、アメリカについては「確立した医療サービス」とみなされ施設内倫理委員会の承認も必要としていない、という（「染色体異常のための着床前診断」『周産期医学』45巻(5)、二〇一五年）。このような言い回しを聞くと世界中でＰＧＤは問題なく行われているにもかかわらず、日本だけが遅れている、という印象を受ける。しかし、諸外国の「生殖医療法制」を詳細に調査した林かおりによれば、ＰＧＤを法で禁じている国もあるし、認めている国に関しても様々な制限や条件を付けて限定的に行われている国は数多くある。またアメリカについては州による違いが大きく、州法で禁じている州もある（「海外における生殖補助医療法の現状」『外国の立法』二四三、二〇一〇年）。

日本では、ＰＧＤについての法整備はない。日本産科婦人科学会が定めた「会告」によって、診断は一件ごとに申請と審査が行われ、事実上の総量規制と品質管理が行われてきた。検査対象は一九九八年の会告により「重篤な遺伝性疾患」に限られ、学会の小委員会による一件ごとの審査を経ないと実施できない。日本では受精卵診断に対する激しい反対があり、医学者たちはその実施について非常に慎重に進めざるを得なかったという「歴史の独自性」（利光恵子『受精卵診断と出生前診断――その導入をめぐる争いの現代史』生活書院、二〇一二年）がある。だが今日のデータにあるように、日本産科婦人科学会は度重なる議論を経て、検査対象を「習慣流産」に対して広げる決定をしてきた。「会告」は次に示すように何度か改定され、現在に至っている。

一九九三年七月　鹿児島大学産婦人科「胚生検による遺伝子診断の臨床応用」を申請

一九九八年一〇月　日本産科婦人科学会「『着床前診断』に関する見解」および「解説」を会告として発表

「本法は重篤な遺伝性疾患に限り適用される」（見解）

二〇〇四年七月　慶応大学から二〇〇四年一月に申請された「デュシェンヌ型筋ジストロフィー」を対象とする受精卵診断の臨床応用」を承認

二〇〇六年二月　「習慣流産に対する着床前診断の考え方」（解説）を一九九八年見解（会告）に追加、均衡型染色体転座に起因する習慣流産に受精卵診断を認める。会告は変えず「重篤な遺伝性疾患のひとつ」として認める。

「流産の反復による身体的・精神的苦痛の回避を強く望む心情や、着床前診断を流産を回避する手段の選択肢の一つとして利用したいと願う心情は十分に理解しうる」

二〇〇六年一二月　「均衡型染色体転座による習慣流産の受精卵診断」の申請七例を承認

二〇一〇年六月　「『着床前診断』に関する見解」改定

「本法は、原則として重篤な遺伝性疾患児を出産する可能性のある、遺伝子変異ならびに染色体異常を保因する場合に限り適用される。但し、重篤な遺伝性疾患に加え、均衡型染色体構造異常に起因すると考えられる習慣流産（反復流産を含む）も対象とする」（一九九八年会告の「解説」を削除）

では「重篤な遺伝性疾患に限り」というときそれは具体的に何を指すのか？　一九九八年の会告の解説には次のように書かれている。

「本法の対象になる疾患は、重篤かつ現在治療法が見出されていない疾患に限られる。なお、『重篤』ということに関しては、実施者や被実施者によって見解が異なる可能性があるので、本会において適応疾患を個々に審査する必要があり、申請により個々に決定するものとする」

厳格に対象疾患を絞ってきた会告は、「重篤な遺伝性疾患に限定する」というものから、「流産しない受精卵を選ぶ」という、より不妊治療的な方向への大きな変更が進められている。海外ではこの技術を、「流産の可能性のある受精卵の選別」に用いるケースが増え、日本でも同じように使うことで流産率を下げ、生産率を上げたいという不妊クリニックからの希望が、学会に寄せられるようになったためである。日本産科婦人科学会は二〇〇六年、「重篤な遺伝性疾患に限る」という会告は変えぬまま、両親に流産の原因となる「均衡型染色体転座」と言われる染色体の状態がある場合について「習慣流産のPGD」を承認した。習慣流産の原因となる「染色体転座」が重篤な遺伝性疾患に含まれる、という解釈である。これによって以降、日本でのPGD件数は激増していった。この時点ではあくまで、「両親の均衡型染色体転座」という原因の特定できる習慣流産であり、「流産をひきおこす転座も重篤な遺伝性疾患のひとつとする」という解釈であった。

しかし、習慣流産の理由はこれだけではなく、両親に染色体転座などがなくても受精の段階で染色体異常が起こって流産を引き起こす場合がある。不妊治療を受ける人たちの高齢化と共に増加する、受精卵の突然変異による染色体異常である。さらなる技術革新によって、両親に転座などがなくても、受精卵そのものの染色体を調べることで流産防止のため受精卵を選択することができるようになった。

このように「一九九八年会告」の適用を、徐々に拡大する形で進めてきた受精卵診断だが、審査方法は、九八年から変わっていない。実施施設が一件ずつ「臨床研究」として申請、自施設内の倫理委員会で承認を受けたのち、日本産科婦人科学会で審査する。「会告」の要件に合うかどうか、規定の書類に不備はないかなどが検討され、承認を受けたものだけが実施できる。準備する書類の多さや審査にかかる時間、審査委員会開催の少なさなどから、この技術を使いたい施設からは「時間がかかりすぎて妊婦の出産タイムリミットを越える」という批判の声がある。しかし、二〇一四年の着床前診断シンポジウムで九八年以来のデータを紹介した平原史樹（横浜市立大学附属病院長）は、「時間がかかるという批判は知っている。しかしそれでも〝慎重に〟やろう、ということだ」と述べている。

待望される受精卵スクリーニング

一件ごとの申請を守ることで、PGDの急激な解放を踏みとどまってきた日本産科婦人科学会。しかし、その中で二〇一五年二月、同学会はPGS（着床前スクリーニング）についての新しい「特別臨床研究」を始めると発表した。PGSによって流産率の低下や生産率の上昇が本当にみられるのかどうか、不妊治療を受けている妊婦に了解を取り、PGSを受ける三〇〇人と、受けない三〇〇人との比較による「特別臨床研究」を行うというのである。

ここで改めて、受精卵着床前診断（PGD）と着床前スクリーニング（PGS）の歴史を見ながら、両者の定義を明確にしておこう。

PGDは、一九九〇年、イギリス・ハマースミス病院のハンディサイドらによって開発された。遺伝性疾患の患者、あるいは保因者が子どもを持ちたいと希望するとき、診断を目的に体外受精を行い、受精卵の段階で遺伝子を診断する。そして調べようとする原因遺伝子がない受精卵だけを子宮に戻す方法である。ハンディサイドが注目したのは、X染色体上にある遺伝子が原因で発症する「X連鎖劣性遺伝病」である。X染色体が二本ある＝すなわちXXの女性では一本の染色体のみに変化が起きても発症しないが、X染色体を一本しか持たないXYの男性のみが罹患する「X連鎖劣性遺伝病」である。もし、受精卵の段階でXX、すなわち女性となる受精卵を選ぶことができれば、この病気を持つ子どもの出生を防ぐことができる。ハンディサイドは八九年に体外受精三日後の受精卵から割球を取り出し、PCR法（DNAを増幅する方法）を用いてY染色体特異的遺伝子を増幅し、性別診断を行って成功。翌年五組のX連鎖劣性遺伝病の保因カップルにこの方法を臨床応用し、二組のカップルがそれぞれ女性の双子を妊娠した。ハンディサイドは、子どもを望む遺伝病のカップルが、出生前診断によって中絶を迫られることを、この技術が回避できる点を利点として強調している。

こののち、ハンディサイドはPCR法でなくFISH法（後出）により性別判定を行い、より精度を向上させた。また九二年には、PCR法により性別判定ではなく疾患遺伝子そのものを受精卵の段階で診断することに成功、「囊胞性線維症」保因者カップルに対し疾患遺伝子を持たない子どもを誕生させた。

こうして完成した技術が、受精卵着床前診断（PGD）である。

一方、こうした「遺伝性疾患のカップルの子どもの疾患回避」という目的とは違う方向から、受精卵着床前診断を試みていたのがアメリカ・コーネル大学のムンネらである。

ムンネは、マルチカラーFISH法という方法を用いて、性別判定に必要なX、Y染色体だけでなく、13、18、21番染色体も調べる方法を開発、「トリソミーの子どもの出生を防ぐのみならず、移植胚の出産に至るチャンスを高める」とその意義を述べた。ムンネが対象にしたのは遺伝性疾患のカップルではなく、なかなか妊娠できない高齢の不妊治療カップルであった。こうしたカップルは、減数分裂や受精の段階で偶発的に起こる染色体異常の出現率が高いことが知られており、こうした原因を取り除くことで「妊娠率を上げる」ことを目的としたのである。ターゲットとする遺伝子を診断するPGDに対して、偶発的にどこに起きているかわからない染色体の異常をFISH法によって浮かび上がらせ、その受精卵を篩い分けるこの方法を、着床前スクリーニング（Preimplantation Genetic Screening＝PGS）と呼ぶ。

さらにイギリスのコンラは、反復流産の原因として可能性が指摘されていた、染色体の転座保因者をFISH法の改善によって診断する方法を開発した。ムンネらは、この方法を用いて、受精卵を診断することで習慣流産の患者の妊娠率を劇的に改善すると主張する論文を発表。こうした動きによって、アメリカ、イギリスを中心とする欧米諸国では、PGDとPGSが同時に急速に普及していった。

検査技術の革新

このように書いてくるだけで、わからない言葉に数々ひっかかる。そもそもPCRとは？　FISHとは？　文科系の私たちが先端技術の社会的受容について考えようとする時、立ちはだかるのはこうした専門知識である。ひとつひとつわからない。しかし技術の正確な理解がないと、どこに可能性がありどこに危険があるのかもわからない。そして技術開発のスピードは速い。ひとつ理解したと思うと、次の技術が登場している。技術の勉強をしているだけで力尽き、社会的意味を考えるところまでたどり着けない。

受精卵遺伝子診断のすごさの肝は、たったひとつの細胞で診断できることだと言う。細胞ひとつ分のDNAは非常に少なく、それを診断するのは至難の業である。

繰り返しになるが、受精卵診断は①体外受精、②一〜数個の割球(通常は八細胞期以降)の吸引、または、胚盤胞の将来胎盤を形成する栄養外胚葉細胞を採取、③細胞の遺伝子分析、④受精卵の選択、⑤子宮への移植、という手順で行われ、その③細胞の遺伝子分析、についてさらにズームインすると、(i)細胞からのDNAの取り出し、(ii)DNAの増幅、(iii)DNAの読み取り、(iv)読み取り結果の分析、という流れになる。

たったひとつの細胞から取り出した微量のDNAを増幅技術によって増やし、正確に読み取りを行う。(ii)と(iii)のそれぞれの技術革新が、診断技術の幅を広げてきたのである。

いま、臨床研究を始めようとしているPGSはアレイCGHという方法を使う。従来FISH法によって欧米で行われてきたこの方法については、実は流産率を下げることも、生産率を上げることもできていない、という批判がある。しかしそれはFISHという技術の限界であって、新しいアレイCGHという方法を使えば成績はあげられる、という主張がある(今回の臨床研究は、それをまず検証しようというものである)。

FISHとは、調べたい染色体がわかっている場合、目的とする染色体だけを蛍光で光らせることを原理とする。たとえば流産の原因となる「転座」といわれる染色体の変異を、両親が16番染色体に持っている場合、転座にかかわる部位だけを狙って検査するものである。

しかし、流産の原因は均衡型染色体転座だけではない。原因不明の割合が高く、なかでも多いのが、受精卵そのものの染色体の数的異常である。これは両親に起因するのでなく、受精の際の突然変異で起きる。この染色体の数的異常はどの染色体に起こるかわからないため、かりにFISHで16番だけを調べてもわからない。よってすべての染色体を一気に調べる方法が待望されたのである。突然変異の染色体異常は高い割合で流産を引き起こす。しかし、生まれてこられる染色体異常もある。ここに問題がある。

アレイCGHとは、まずスライドガラスなどの基板を数万から数十万に区切り、その各区画に断片化した一本鎖DNAを配置しておく。一方、染色体が正常核型とわかっている細胞から抽出した一本鎖DNAをたとえば緑の蛍光色素でラベルし、検査したい受精卵から抽出した一本鎖DNAは赤でラベルする。これを先の基板上のDNAと「ハイブリタイズ」(相補的な結合をさせる)すると、両方が一致するDNAの区画は黄色となるが、受精卵側が少ない場合は緑、受精卵側が多い場合は赤となり、染色体の数が多いトリソミーや、少ないモノソミー、あるいは部分的な欠失や重複も一瞥で判定することができる。

この結果、問題のない受精卵を子宮に戻せば、流産を減らすことができるというのである。

PGSについて、FISH法で行われたESHREコンソーシアムの調査では、ヨーロッパ各国のデータ集積の結果、「流産率にも生産率にもめだった変化は現れなかった」。しかし、アレイCGHで、その成績は劇的に改善したと考えられている。現在二〇一二年までのデータをESHREが解析中であり、この結果が出れば、PGSへの追い風は本格的なものになると、PGSを希望する医師は語っている。

だが、「口でいうのは簡単ですが、問題があります」というのは、二〇一五年に開かれたシンポジウムでこの技術を基礎研究の立場から解説した倉橋浩樹(藤田保健衛生大学総合医科学研究所教授)である。受精卵診断の場合、割球、胚盤胞いずれにしても取り出した細胞は一~数細胞という極めて少数の細胞となる。このため、分析のためには増幅という「かさあげ」の必要があるのだが、ここで全ゲノム増幅、という技術のむずかしさが問題となる。言ってみれば、PGSの精度は全ゲノム増幅の偏りとのたたかいであると倉橋は言う。

しかし、これについても「マルバック」という増幅法が急に進歩し、可能性を広げていることはたしかであるが、まだ技術としてはむずかしく検討の余地は残っている、ということだった。

倉橋はまた、受精卵診断においても胎児ＤＮＡを分析した次世代シークエンサーによる量的な同定が可能であり、ＮＩＰＴと同じことがＰＧＳでもできると語っている。

もちろん、理論的には全ゲノム解析も可能である。その場合、どんないのちなら子宮に戻すことにするのか？　いったい生まれてこられないほど重篤な疾患とは何か？　ＮＩＰＴの将来像で危惧された事態がここでも同じように問題となる。廃棄される受精卵は増え続け、結局生まれてこられないいのちがふえてゆくのではないか？

全受精卵スクリーニングの時代

二〇一五年から始まる、日本産科婦人科学会によるＰＧＳの臨床研究に向けたシンポジウムでは「どんな受精卵を〝適〟とするのか？」が話題となっていた。私はこの〝適〟という言葉が抵抗なく使われていることに違和感を覚えた。子宮に戻すのに〝適〟、ということは、つまり生まれてくることに〝適〟と〝不適〟があることに聞こえる。いやそうではない、着床しやすさの〝適〟と〝不適〟だ、ということなのだろう。しかし、利光惠子がその詳細な分析で明らかにしたように、「不妊治療」という目的が「生命の選別」を覆い隠しているという側面がここに至るとはっきりしてくるように思う。

フランスのアメゼン委員長が言っていた「何が重篤なのか」という問いは、受精卵診断においても突き付けられることになるだろう。私はフランスで、医師のジャック・テスタールにも話を聞いた。テスタールは一九八二年、フランスで最初の体外受精を行った張本人だが、その四年後の一九八六年には著作『透明な卵——補助生殖医療の未来』（小林幹生訳、法政大学出版局、二〇〇五年）で次のように述べている。

「わたしは、新しき勝利への、新しき喝采への、新しき不安への道とはどんなものかはっきり理解している。それは、受精卵の身分証明書作成に至る道だ。つまり、あるお上品《ポリセ》な社会に到達するための警察《ポリシエ》的な道、透明性の極限に至る道である」

体外受精はもはや単なる不妊症に対抗する一技法ではなくなって、妊娠時点で子どもの同一性に手を付ける特権的な方法に、個人の起源の透明性を求める原動力になってしまうだろう。私をいらだたせているのは、場合によっては無数に上るであろう受精卵の犠牲ではない。むしろ「できあい」の子どもの出現という狂気じみた将来の見通しであって、その出現は必然的に失望をもたらさずにはいないだろう。

二〇一三年の五月に私はパリでテスタールに会い、NIPTとPGDについて尋ねた。テスタールは、「体外受精は不妊治療のためにつくったのであり、受精卵診断には反対してきた」という立場を述べたうえで、しかし、と続けた。

「合理的な医療が追求されると、全員の妊婦に着床前診断をする、という議論も出てくるでしょうね。遺伝子異常のうち二五％は突然変異と言われていますから、遺伝的な問題のあるカップルの受精卵だけを着床前に診断しても意味がない。だから全員に、という議論も出てくると思います」

現在、世界各地で行われているPGDは不妊の人に行われるのではなく、診断のためにわざわざ体外受精を行うという逆転を生じさせている。テスタールは、それが全妊婦になってもおかしくない、というのである。そして、全妊婦に全遺伝子を検査する全ゲノムスクリーニングが行われる、という近未来は、それが妊婦血液であれ、受精卵であれ技術的にはすでに可能である。

さらに、体外受精した受精卵に「ゲノム編集」という技術を用いて疾患の治療を試みた、という論文も、二〇一五年に発表された。これまで受精卵に対して「遺伝子治療」を行うことは、生殖細胞レベルの改変＝デザイナーベビーであって許されない、と多くの国で禁止されてきた。しかし、ゲノム編集というこれまでより簡易かつ正確に、ターゲットとする遺伝子変異を切り取ったり、挿入したりできる、という技術が人体にも応用され始めたのである。

ここまで生殖技術と遺伝子技術の交わる最先端で今起きていることを、駆け足で見てきた。かつてはSF小説や映画で描かれていた世界である。この現実をどのように考えればいいのか？

（二〇一六年一月執筆）

未完の原稿のため、山中美智子聖路加国際病院遺伝診療部部長にお目通しいただいた。感謝申し上げたい。

坂井満

坂井律子

1960年生まれ．85年に東京大学文学部卒業後，NHK入局．札幌放送局，東京の番組制作局のディレクター，プロデューサーとして，福祉，医療，教育などの番組に携わる．NHK放送文化研究所主任研究員などを経て，制作局青少年・教育番組部専任部長．2014年6月より山口放送局長，2016年4月より編成局主幹（総合テレビ編集長）を務める．著書に『ルポルタージュ 出生前診断』（NHK出版），『つくられる命』（共著，NHK出版），『身体をめぐるレッスン4 交錯する身体』（共著，岩波書店），『いのちを選ぶ社会 出生前診断のいま』（NHK出版），『出生前診断 受ける受けない誰が決めるの？』（共編著，生活書院）ほかがある．

〈いのち〉とがん 患者となって考えたこと

岩波新書（新赤版）1759

2019年2月20日 第1刷発行
2022年3月4日 第5刷発行

著 者 坂井律子《さかいりつこ》

発行者 坂本政謙

発行所 株式会社 岩波書店
〒101-8002 東京都千代田区一ツ橋2-5-5
案内 03-5210-4000 営業部 03-5210-4111
https://www.iwanami.co.jp/

新書編集部 03-5210-4054
https://www.iwanami.co.jp/sin/

印刷製本・法令印刷 カバー・半七印刷

ISBN 978-4-00-431759-3 Printed in Japan

岩波新書新赤版一〇〇〇点に際して

ひとつの時代が終わったと言われて久しい。だが、その先にいかなる時代を展望するのか、私たちはその輪郭すら描きえていない。二〇世紀から持ち越した課題の多くは、未だ解決の緒を見つけることのできないままであり、二一世紀が新たに招きよせた問題も少なくない。グローバル資本主義の浸透、憎悪の連鎖、暴力の応酬――世界は混沌として深い不安の只中にある。

現代社会においては変化が常態となり、速さと新しさに絶対的な価値が与えられた。消費社会の深化と情報技術の革命は、種々の境界を無くし、人々の生活やコミュニケーションの様式を根底から変容させてきた。ライフスタイルは多様化し、一面では個人の生き方をそれぞれが選びとる時代が始まっている。同時に、新たな格差が生まれ、様々な次元での亀裂や分断が深まっている。社会や歴史に対する意識が揺らぎ、普遍的な理念に対する根本的な懐疑や、現実を変えることへの無力感がひそかに根を張りつつある。そして生きることに誰もが困難を覚える時代が到来している。

しかし、日常生活のそれぞれの場で、自由と民主主義を獲得し実践することを通じて、私たち自身がそうした閉塞を乗り超え、希望の時代の幕開けを告げてゆくことは不可能ではあるまい。そのために、いま求められていること――それは、個と個の間で開かれた対話を積み重ねながら、人間らしく生きることの条件について一人ひとりが粘り強く思考することではないか。その営みの糧となるものが、教養に外ならないと私たちは考える。歴史とは何か、よく生きるとはいかなることか、世界そして人間はどこへ向かうべきなのか――こうした根源的な問いとの格闘が、文化と知の厚みを作り出し、個人と社会を支える基盤としての教養となった。まさにそのような教養への道案内こそ、岩波新書が創刊以来、追求してきたことである。

岩波新書は、日中戦争下の一九三八年一一月に赤版として創刊された。創刊の辞は、道義の精神に則らない日本の行動を憂慮し、批判的精神と良心的行動の欠如を戒めつつ、現代人の現代的教養を刊行の目的とする、と謳っている。以後、青版、黄版、新赤版と装いを改めながら、合計二五〇〇点余りを世に問うてきた。そして、いままた新赤版が一〇〇〇点を迎えたのを機に、人間の理性と良心への信頼を再確認し、それに裏打ちされた文化を培っていく決意を込めて、新しい装丁のもとに再出発したいと思う。一冊一冊から吹き出す新風が一人でも多くの読者の許に届くこと、そして希望ある時代への想像力を豊かにかき立てることを切に願う。

（二〇〇六年四月）